赤いカラス

TADA YUKIO 多田幸生

幻冬舎MC

赤いカラス

※この本の内容はあくまでもフィクションであり、
実在する人物・団体・名称とは一切関係ありません。

一

大気が乾燥し、海水が吸い上げられて、雪が降りしきった。世界の海面が一二〇メートル下がる。

地中海は北のアルプス山脈と南のアトラス山脈の間にあった。はるか東のモンゴル草原には黒海が佇んでいる。これが地中海盆地。

大西洋とは西の狭いジブラルタル海峡で繋がっていた。地中海が干上がる。河川、降水、海峡からの補給なんか何の役にも立たない。

インドネシア近辺、熱帯アジアも干上がって、スンダランドが形成される。

日本海も小さくなって北海道と大陸が繋がる。

シベリアとアラスカも繋がって堰き止め湖ができ、寒流の太平洋への流入が止まる。この堤防のことをベーリング陸橋と呼んだ。一八〇〇〇年前に終わった海退《かいたい》の規模はかくも大きい。ギンギンの氷の世界になった。

やがて温暖化、解氷が進み、海進《かいしん》がやってきて、六〇〇〇年前にそれが去ったときには新しく堆積した肥沃な大地を残す。

多くの島々が生まれた。日本には周囲が一〇〇メートル以上の島が六八〇〇ある。

これをもって何万年もダラダラと続いた氷河時代が完全に終わった。海進を先史時代とした物語はユーラシア大陸のモンゴル草原から始まる。

熱帯では太陽が真上を走っていた。その両端には名前があって、北回帰線と南回帰線。地上から吹き上がった熱風は上空で冷えて大粒の雨になり、乾風が回帰線の下方へ吹き抜ける。この熱力学は熱帯雨林の向こうに砂漠を生み、その先に草原を育てた。


熱帯のへりにはやはり開放的な春歌が似合う。

フランス外国人部隊。小高い丘にある敵の塹壕《ざんごう》に向かって銃を腰だめにしてまっすぐ歩いていく。飛び交う銃弾なんかどうでもいい。確実にやられるが中には運のいいのもいる。恐れられた。

その突撃風景に、あとから追っかけてきた昨夜の女たちが混じる。情景に血の香りが漂う。おいしい京料理は味がすかっとしている。

『カサブランカ』『アラビアのロレンス』『風とライオン』はバタくさい。

何という映画だったっけ。『望郷』でもない。外国人部隊の白い服はカラオケ『カスバの女』の画像だったか？

パリ・ダカールラリー。白人にとって地中海は輝ける海だ。その先にある北回帰線の熱い砂の壁に突っ込んでいく。このラリー仕様の公道走行用オートバイを手に入れたときの嬉しかったこと。だけど大破した。

一

このラリーは毎年正月に行われてきた。終わって久しい。地元が中止を申し入れた。もう白人には好き勝手をやらせない。

かつての奴隷貿易の拠点だったフランス領ダカールのゴレ島、フィリピンのスペイン領マニラにある星型要塞、インドの英領チェンナイにあるセント・ジョージ要塞は同じ緯度。

ある冬の日の世界の気温は次の通り。

13時晴れ摂氏8度（大阪）
12時晴れ摂氏マイナス9度（北京）
12時曇り摂氏5度（上海）
12時晴れ摂氏29度（マニラ）
10時曇り摂氏29度（チェンナイ）
4時晴れ摂氏24度（ダカール）

カッと照り付ける真昼の太陽を反射して白く蒸せ返る砂浜。頬を流れ落ちる汗、その雫を右手の甲で拭いながらその向こうに見る青い空と海。人影がかげろうになって燃え立つ灼熱のダカール。セネガルの首都。西サハラのアフリカ大西洋岸にあった。

ここでは、「ブーン」というかすかな耳鳴りが消えて、降り注ぐ陽光の、「シャワシャワ」という音が耳に纏わり付いてくる。

国民は漁業を知らなかった。教えたのは日本人。特にタコは誰も食べないからたくさんいた。番茶で下茹でするると軟らかくなるが、ここのはもとから軟らかかった。蛸壺を持ち込んだが軌道に乗ると現地生産にする。日本へは年間一五〇〇トン輸出された。これを皮切りに漁業が一つの産業に発展する。

「使ってくれ」

東北地方太平洋沖地震が起きると、漁民たちが大金を手に手にその日本人のところにやってきた。

ノモンハンから黒海のドニエストル川まで続くモンゴル草原の草は太腿まであったがいまは膝までしかない。

ノモンハンの戦いでは、日本軍は高射砲の水平撃ちでソ連軍の戦車と対峙した。戦車のガソリン漏れには火炎瓶を持って突っ込んだ。大勢の軍人の死。帰還兵から直接聞いた。

海進のピークの五〇〇〇年間は、大阪では海面がいまより七メートル上がって、雛人形の松屋町が波打ち際になった。その東の空堀《からほり》商店街は上町台地に駆け上っていて、大阪城の抜け穴になっている。

向かいの生駒山との間、河内平野に海水が流れ込んで河内湾ができた。淀川と大和川（流れが変わるのは後）の土砂が堰をして淡水湖になる。それが涸《か》れていまの大阪になった。

都市土木を担当した。新入生の教育で何を教えようか。期間は春から秋まで。夕立で道路の側溝の蓋が浮き上がって路上が水浸しになった。直径二インチの水中ポンプでは間に合わない。そこで試してみる。

「直径四インチの水中ポンプを取ってこい」

案の定、置き場にゴロゴロしている直径二インチの水中ポンプを二本担いできた。それでも間に合わない。直径四インチの水中ポンプが別の手で届いた。体積だから縦、横、高さをそれぞれ二倍したら八倍だ。あっという間に水がはけた。

地下一三メートルから大きなサザエが二個出てきた。まだ化石にはならない。埋まっていた流木も炭化はまだでナイフで削るといい香りがした。

同じく海進のスエズ地峡から海水が引いて、預言者モーセがエジプトから海を渡ったという話が生まれた。

中国大陸でもピークの五〇〇〇年間は、海面が七メートル上がって、北京、開封、南京、杭州《こうしゅう》辺りが波打ち際になった。

ここを大運河が通る。北京の北海から杭州の西湖まで。

人類史上中国王朝だけが人口崩壊を起こしては復活する。歴代人口は三〇〇〇万人を超えない。大運河から東に広がる海抜七メートルの大陸はよく大水に飲まれた。そのせいだ。

清は人口崩壊を乗り越えてついに五〇〇〇万人の大台に乗っていた。それがいまは十三億人、人口の増え方が凄い。

党員は八〇〇〇万人だという。最高機密だからこれも信じない方がいいと思う。

田中角栄の日中友好が始まると、周恩来首相が要求してきたのは食糧増産の農薬だった。それと化学調味料。

二

二〇〇〇年秋の関空。突然妻を亡くしたことをきっかけに、仕事を辞め、二人の思い出が残る中国に渡ることにした。

隣の女性は旅行会社の添乗員らしい。北京行き航空機の禁煙ライトが消えると彼女はハンドバッグからタバコを取り出した。中が丸見え。みんなのパスポートと申請書類が無造作に放り込まれている。引っ掻き回しているところを見るとライターを探しているようだ。

そこへ彼女の旅行客の子供が後ろの席からやって来た。ハンドバッグから飴ちゃんを三つ取り出してあげている。

小太りのべっぴんさんだ。おしゃれをしている。短めの黒のスカート、白黒のボーダーシャツに、赤いジャケットを羽織って、茶色の洒落たハンドバッグを無造作に提げている。茶髪にしたロングヘアが肩にかかって色っぽい。

「タバコを吸ってもいいですか？」

と言いながら中身がもっとよく見えるように広げて見せてくれた。

長年気になっていた秘密の場所のそこは予想外に無防備だった。他の女の人のハンドバッグの中もやっぱりこんなにめちゃくちゃなんだろうかとびっくりした。こうすればいっぱい詰め込める。家の鍵は毎回この中から探り当てるんだ。何かを出す都合で外に落ちることもあるんじゃないか。心配にならないのかな。そりゃ心配さ。慣れてくる。

「ライターを貸してくれません？」

と話は続いて、箱から一本くれた。赤ラベルの「福」というタバコで、日本でいうと「缶ピース」と同レベル、違いはフィルターか両切りか。

健康なんて考えていなかった。うまさを満喫するために、咳込まないように注意しながら、重たいもわっとした煙を胸いっぱい吸い込んだ。頭がくらくらする。

老舎の近くに住んでいたという。生きていたらノーベル文学賞をもらえたのかもしれない。不思議な縁だった。孫弟子に当たる人の世話で働き口と住まいが見つかった。渡りに船、偶然の必然というやつだ。

人生の節目でこんなことがよくあった。何故だろうと考えても分からないものは分からない。そのときもそうだ。

ミランダは外交官の娘。金髪をショートボブにカットして大人っぽい雰囲気を出していた。襟足が美しく、目鼻立ちも品《ひん》良く整っている。二〇歳年下。

肩と肩がぶつかった。肉のパワーに弾かれた。

素肌は白《ホワイト》、日本女性の素肌をいうときの色白《いろじろ》とは違う。艶《なまめ》かしさがない。どちらがどうというのではない。

本屋に併設された喫茶店の常連客だった。コーヒーのお代わりは無料だったので居座って小説を書いている。

新疆《しんきょう》ウイグル自治区にはミランダと同じホワイトで色目《しきもく》の女性が多い。音感に優れていた。

元《げん》ではモンゴル人に次ぐ序列で漢人の上に立つ民族だった。中国全土の音楽シーンをいまも牛耳っている。

二

黄河流域の北方人はアーリア人の枝分かれ。すでに色目はない。主食は小麦と雑穀。一方、長江流域の南方人はスンダランドの熱帯アジア人の枝分かれ。主食は米。

北方人は大柄で大まか。対する南方人は小柄で細かい。ちょっと話してみたら分かる。口腔の中空に舌を漂わせて息を出すと発音記号「ｓｈｉ」という音が出る。そのままで舌を振動させると発音記号「r」という音に変わった。これができるのが北方人、できないのが南方人。「す」あるいは「し」になってしまう。

適齢期の娘さんがこの発音を決めると甘く切なく胸にキュンと来る。台湾出身の歌手テレサ・テンの「ｓｈｉ」の発音はいい。だから彼女の歌は中国語の方が好きだ。素性が全く違うのに共に漢人を名乗る。面白い。少数民族はこの区分から原則的に外れるが、党の意向かどうか、漢人への同化が進む。気に入らんけどね。

夜はショットバーになった。本屋の仕事を終えてからジンの炭酸割り（ジンリッキー）を飲みながらトラドとミランダの三人でばか話に花を咲かせた。

彼は北京大学中文系の四年生。親はモンゴル茶を製造している。気が合った。

馬乳酒の季節、それが目的でトラドと行き当たりばったりのゲル（モンゴル人のテント）によく立ち寄った。気候もいい。夜も寒くない。ツェルト一つあれば、ビバークもできる。焚き火はしない。草原ではタバコも吸わない。神聖なところだ。水筒の水でウイスキーを割って、ビスケットでも食べておく。

こんなことがあった。何張りかのゲルの集まりに立ち寄る。二人の正装したお嬢さんが随行を連れて出迎えてくれた。

白地のドレスがウエストでくびれると、たっぷりと膨らんで足元を隠す。カラフルな網織りのドレスをその上に重ね着していたから白色が透けて美しい。銀色に金で刺繍した幅広の帯を腹に巻いて、金細工のヘッドバンドをして。

ドレスの上からかけた白真珠、そこに大きな赤と青の宝石のネックレスがダブる。

両手に白絹布《けんぷ》を広げてのストップモーション。

触れなば落ちんといった風情で近づいてきて、首にかけてくれた。ハグはなし。

紅をさした可愛い口元、きっと箸が転んでも笑うんだ。お酒が振舞われる。

ゲルに荷物を運び込むと子供たちに遊びに引っ張り出された。

二

ゲルの中は天幕が日に当たって白く照っていた。高温にならないのは側面の幕を少し持ち上げておき、天幕の頂上の開口部をこまめに開閉して調節するからだという。

居心地がいい。草原の花かな。美しい花柄のジュータン。高さが一メートルもないタンス、木箱、ブリキ製の箱が側面の幕に沿って並べられて、相撲の衣装、馬頭琴、口琴、羊骨双六、ギター、写真を貼ったボード、雑誌、本、絵画、馬具小物、テンガロンハット、銃、刀剣がその上に置かれている。鏡もあった。

このようにゲルの中はカラフルに飾られていてまるで草原の中の竜宮城だ。

奥さんが魔法瓶から大きなどんぶりに茶を淹れてくれた。接待はまずこの茶から始まる。飲み干すと注ぎ足す。だから断り慣れないと、最後の一杯分だけ余分に飲まされる。濃い白濁で栄養があって、アッサリ味。いくらでもいける。彼らは朝食をこの茶とおひねり揚げパンだけで済ますこともあった。

今夜のご馳走にお腹いっぱいでは失礼だからお代わりをしなかった。

奥さんの方も負けてはいない。

「ヨーグルトなら別腹だから」

と砂糖と一緒に持ってきてくれる。

お手本に見習って、砂糖をたくさん入れてよく混ぜる。クリーム状に盛り上がってくるのをスプーンで掬って食べた。おいしい。民度が高い。

女性のヒップに食い込む下着Tバックは和製英語だ。これを北京にかぶせてスケッチしてみる。不謹慎かもしれない。説明しやすいからで、悪気はない。

北京の東側に北京空港、西側に北京大学がある。それを繋ぐ道路をTバックの横線とみると、その中間にあるのがアジア大会の体育館で、ここから南に下る道路が縦線になる。

この道路は北京のど真ん中、紫禁城を通って天壇《てんだん》まで伸びていく。住居はこの体育館の近くにあった。

向こう岸の人物が芥子粒《けしつぶ》くらいに見える大きな池、それが中国でいうところの湖だ。海ということもある。

例えば北海は紫禁城の近くにあって北京大学の未名湖よりは大きい。だけど杭州の西湖の方がもっと大きかったような気がする。元がここを中心に都を造ったことから湖ではなくて海と呼ばれるようになったという。そういえば中国の貨幣は「元」だ。何か因縁があるのかな。元々は北京の水源湖だった頤和園《いわえん》の昆明湖《こんめいこ》もそれくらいの大きさになるのかな。見たときの印象ではそうだ。みんな人造湖。

西湖は潟を仕切って淡水化した。北海、未名湖、昆明湖は掘った土を近くに盛り上げて山に仕立てた。北海の下に中海、その下に南海が続く。北海の横に景山、中海の横に紫禁城、南海の横に天安門、天安門広場には毛沢東が安置されている。

「ちょっと太り気味かな」

二

としゃべっていたら、黙れさっさと行けと衛兵に怒鳴られた。

中国共産党の指導者たちの住まいは中南海、中海と南海にあるからそう呼ばれていた。

「中南海の意向」

これで意味が通る。北京大学の未名湖にもそういう特権が与えられていた。

「未名湖から来た」

と言える。未名湖へは自転車で一時間かかった。だけど、さすがに北京空港までは無理、郊外の部分が長すぎ。

黄河はモンゴル草原を東に流れてきて、フフホトの手前で、鉄道敷を潜って南に曲がり、中原《ちゅうげん》まで下ると、東に折れて海に向かう。モンゴル人はこの川を黒い河と呼んだ。

海抜は草原が一〇〇〇メートル、草原というより高原だな。中原が三〇〇メートル。落差七〇〇メートル。中原から二〇〇キロ上流に壷口瀑布があった。滝口の上流への後退。三キロもその瀑布は続く。近くに延安があった。毛沢東の率いる中国共産党が長征一万里の末に辿《たど》り着いたところだ。革命の聖地が観光ブームになった。

中原の古都は西から西安、洛陽、開封と二〇〇キロ間隔で並ぶ。西安は昔の長安。洛陽から見て、北京、南京、西安と呼んだ。京都から見て、東京と呼ぶのと同じ。洛陽は北魏の首都。大寺院が一〇〇〇棟あった。開封は北宋の首都。

杭州は東シナ海を挟んだ九州の対面、中国大陸がアルファベットのWに凹んだところにあって、上の凹みが上海、下の凹みが杭州で、揚子江（南京から上流は長江）は上海側を流れていた。大運河は南京下流の揚州で揚子江を渡った。

何故Wに凹んだのか。河口が沈降してできた三角江による。三角州の逆。土砂は深い河口に落ちていって積もらない。

あの揚子江が運んできた大量の土砂が河口で消えた。頭では理解できない。三峡ダムなんて二〇年もしないうちにもう土砂に埋まりかけているというのに。ここにさらっとした凄さがある。不思議なムードが漂う。

ちょうど菜の花がちらほらと咲く草芽吹きの季節に杭州辺りでミランダと大運河の旅をした。

見晴るかす大地を断ち割り、まっすぐ伸びて、農地と運河の境界線がない。畑がすっと切れ落ちた黒い地肌は硬くて、水が来ているのに護岸工事をした跡がない。旅情を誘うこのシンプルさに感動しない旅人なんていない。

行けども行けども渡し場が来ないし、次の集落まで橋も架かっていなかった。広々としている。

菜の花だと思ったのは実は白菜の花で、種《たね》を採るため、あるいは売り物にならない取り残し。進行方向、船べりから手を伸ばせば届きそうなところにその残骸がやって来た。

まるでタコが逆立ちしたみたいに白菜の頭から七、八本の青い茎が半球状に一メートルも伸びて、掌大の濃い緑の葉っぱをぽつりぽつりと付けて、先っぽに菜の花に似た黄色い花が咲いていた。説明を受けてもにわかにはこれが白菜の成れの果てとは思えない。

中国の白菜は揚子江の北でいまの太くて長いものになった。日本のもそう。

ガラスで温室のように囲ったマンションのベランダのことを陽台《やんたい》という。

北京は一年を通して黄砂がひどいので陽台の窓を閉め切っていても、ベランダの床の毎日の拭き掃除を怠ると、一週間で黄砂が積もった。

洗濯物の取り入れにはタイミングがいる。遅れると大変だ。

冬場の陽台には白菜三〇個が横置き二段積みされた。日本では新聞紙にくるんでひっくり返す。

重たいので野菜市場からは小ぶりのリヤカー式自転車か、大ぶりの木板台車付き自転車で店の人が運んでくれた。それも料金の内。

陽台の夜間温度は摂氏マイナス五度、一ヶ月も経つと表面がちりちりに乾燥して薄茶色になってそこがうまいので捨てるところがない。

二

週末になるといつも景山に歌いに行った。

マンションのおばちゃんたちと一緒。自転車はすいすい進んで二〇分で着いた。

景山の付近には安くてうまい飯店がたくさんあった。

地面にシートを敷いた露店がいっぱい。正門横の石段の上には丸椅子を置いた散髪屋が三人陣取って争って客引きをしていた。

流行はバリカンを使った真四角な角刈り。まず頭頂を平面に刈る。ようしうまくいった。あとは後ろと両耳の三方から垂直に刈り上げて四角くしたらお終い。切り落とした頭髪の掃除はしない。

最後の一本を取り出したときのタバコの空箱はそのまますっと落とす。

「この社会に溶け込みたかったらあんたもそうしないと。見られてるよ」

何回もおばちゃんたちに注意された。なかなかできない。勇気がいる。

それとお辞儀。

「自分では気付かんだろうけど中国人から見たらきょうだけでも何回もぺこぺこやってたわよ。ちょっとした会釈もだめなんだからね」

扉が開くのを待っていたのは三〇〇人。有料。

その内の二〇〇人は中腹にある屋根と柱だけ、四方を吹きさらしにしたコンクリートのあずまやに登っていき、楽譜と歌詞を書いた一〇〇枚の模造紙綴りを専用架台にかけた。頃を見計らって真紅のパナマハットを小粋にかぶったアコーディオン弾きがみんなをかき分けて、指揮者の露払いをしながらやって来る。

ここでは紅軍が行った長征とそのあとに続く延安時代の革命歌が好んで歌われた。古き良き時代を偲ぶ歌声は透き通って力強い。

まだ現役も生き残っていて、多数参加していたから当時の雰囲気が素直に伝わってくる。筋金入りのこの連中は日本人いじめなんかしない。労働者は平等。資本論の文脈に従う。

日本の歌を歌えとしきりにいってくる。

景山星期合唱団。景山で行う星期は日曜日の合唱団だ。楽曲は大判の本にまとめられていた。『景山歌友心声集錦』。求めると僅かのお金で手に入る。手元にある。指揮者が発行人でサインをもらった。小さな文字でこちょこちょとメモ書きでしてくれた。

五線譜におたまじゃくしが躍る洋楽の楽譜ではなかった。誰でもすぐに理屈の分かる番号表示の楽譜は見るのも初めてだ。

山に沿った周回路を右に取った五〇人は社交ダンスの広場へ、左に取った五〇人は紫禁城前の自由ダンスの広場へ。

山の頂上からは紫禁城の全景が鳥瞰できた。長方形に整列した巨大な建物群だ。それが大きな城壁に囲まれている。

二

北京の大雪は年に一回か二回。積雪は三〇センチ。

竹箒《たけぼうき》は日本のと同じ大きさだが扁平になっていて、その面を広く地面に擦り付けて大きく円を描くように掃いた。雪は落ち葉ではない。雪掻きには向かない。

そこで角スコップの登場。背丈ほどの棒の先にスコップが付いている。これでは腕力に頼るしかなく、どうも力が入らない。

日本のは取っ手があって、それを太ももの内側に当てて股の力で押し出す。スコップ一本で二トントラック満杯に川砂利を放り上げることができるようになったのも、見るに見かねて文字通り、手取り足取りで教えてくれたおっちゃんがあったればこそ。このスコップワークができないと土工はできない。

何でもやって来たんだ。

郷に入っては郷に従えというけれど、もう懲り懲り、雪掻きを手伝うのは一回でやめにした。

そんな北京の週末にあろうことかの大雪が降ったからみんな大喜びだ。景山へはさすがに自転車は無理で歩いてやって来た。

いつもより人出が多い。カメラを手にぶら提げている人が何人かいる。デジカメはまだ。お目当ては紫禁城の雪景色。

合唱を途中から抜けて、頂上までの残り半分を登った。紫禁城を見下ろす。

「紫禁城じゃなくていまは故宮博物院というのよ」

いつものようにおばちゃんたちが知識の補正をしてくれる。

頂上からまっすぐの急坂を下ったら自由ダンスの広場だが大雪では滑って駄目なので、なだらかなスロープを北海側にゆっくり下って、周回路の反対側に出た。

右に行けば社交ダンスの広場、左に取って紫禁城の方へ回っていく。首吊り塚があった。雪をかぶっていて何と書いてあるのかわからない。

「明の最後の皇帝がね、ここまで逃げてきて木の枝で首を吊ったの」

「誰に追われていたの？　その木はどれ？　もう枯れてしまったのかな」

そんな話をしていたら胡弓が聞こえてきた。おばちゃんたちの興味がそっちに向いてこの話もここまで。よくあることだ。

倍にも膨れ上がった大合唱団だったが昼前にはそれも解散して、気が付くと全山に人が溢れていた。

いつもの老人たちに混じってカラフルなダウンジャケットがあっちにもこっちにも。若いカップルがじゃれ合っている。雪合戦を楽しむ。

普段はこの時刻になると、社交ダンスと自由ダンスの人数も膨らんで広場に溢れる。だけどきょうはもう店じまいだ。

周回路での路上合唱は禁止されていた。警官がリーダーを引っ張っていこうとする。

二

北京の春は柳絮《りゅうじょ》（白い綿毛に包まれた白楊の種）の季節。

雪のように舞った。牡丹雪《ぼたんゆき》くらいの大きさ。雪との違いは軽さで､着地に時間がかかる。それが顔のところでたゆたう。風に吹き溜まって白く集まり､別の風でまた流されていく。

いまは新型コロナウイルスが地球に蔓延しているが、二〇年前にはフェイディエン（非典、正式には重症急性呼吸器症候群、またはSARSという）が蔓延してそれが去るまでの三ヶ月間北京に足止めされた。どっちみち北京に住んでいたのだからどうでも良かったが日本に逃げ帰りたい気持ちもあった。

柳絮からうつるかもしれない。

自転車を漕ぐと鼻に柳絮が飛び込んできそうで気持ち悪い。

飛散水の中で二時間、フェイディエン菌は生きると中国国営テレビ。おしっこの中でもそうだという。

自転車の多いこと。前の自転車のおっさんがぺっぺと痰とか唾を吐いた飛沫が付いていないと誰が保証してくれる？

その頃は痰を路上に吐くのは当たり前、北京五輪に向けての痰根絶運動はようやく緒に就いたばかり。

路上の汚さは尋常じゃない。そこにも病原菌がうじゃうじゃしていると思うと、歩くよりはまだ自転車の方がましかとも思えるが迂闊に外出もままならない。

「マスクをすればいいんじゃないの」

そういう安直な問題ではなかった。本当に有効なのか？　靴の裏の清掃はどうするんだ。日本の路上とはちゃうんやぞ。降りしきる柳絮に運ばれて衣類のあちこちに病原菌の飛沫が付いた可能性もある。牡丹雪の中を自転車で走った、そういう状況なんだから。

要介護四の老人を在宅介護する心労は、経験したもの同士でないと分からない。マスクの問題もこの類の議論だ。そこから始まる不毛なやりとりにはかなり疲れた。

個室で中華テーブルを囲んで会食した四人のご婦人方が発病したというテレビニュースにはインパクトがあった。

一メートル間隔を開けること、これが新しいルールになる。そうしないと病気がうつる。

「フェイディエンだ」

バスに変な咳の客が乗り込んできたら、状況にもよるが大抵は急停車で全員が飛び出していく。

タクシーは窓全開で毎日の消毒済みのカードが掲示された。北京の春は寒いがそんなことは言ってられない。

七階の陽台から見下ろした住宅街から五人のフェイディエン患者が出た。二人が死亡。近隣住民には、隔離、外出禁止、弁当の配給等々の緊急措置が必要だとテレビがやったもんだから大変だ。

「北京の郊外に軍が隔離施設を造ったんですって、わたしたちそこへ連行されるのよ」

「まあ大変、そんなところに行ったらすぐにフェイディエンに感染してしまうわ」

「弁当の配給だって、どんなものを食べさせられるのやら」

おばちゃんたちは大騒ぎだ。

まあ、事なきを得た。裏門《うらもん》を使ったに違いない。有力者がこのマンションにいたんだ。彼が裏から手を回した。

売店へは専属の女性服務員が操作するエレベーターには乗らず、七階から一階まで階段を上り下りした。ビールの大瓶を引き取ってもらえる。

狭い空間だから彼女も必死だ。乗る方も気を使う。

北京にはたくさんのエレベーターがあった。昇降操作は多くの女性の大事な働き口だ。競争率は高い。休むわけにはいかない。

テレビはフェイディエンを担当する女性の看護師たちを共産党員にしたというニュースで持ちきり。普段では望むべくもない地位だという。経済的にも。羨ましくもあり、けなげでもあるという報道姿勢だった。病院の治療班が強力に立ち上がる。

ある日、朝晩流されていた満州国、ラストエンペラー溥儀《ふぎ》を主人公にした連続テレビドラマの再放送が終わって日本軍を茶化した反日娯楽映画に切り替わる。

テレビが通常運転になったからってまだ気は許せない。

食料の買い置きも無くなったのでスーパーマーケットに買い出しに行った。自転車置き場は混雑するから歩いた。二〇分。

一階が食料品売り場で、二階から最上階の五階までは衣料品、日用雑貨、電気製品、靴、スポーツ用品、本屋、食堂などが入っている。

トイレの洗面台付近は水道水が跳ねてびしょびしょになっていた。これでは保菌者が咳でもしたら、そこら中の水滴に菌が宿って二時間は生きるんだからとても怖くて近寄れない。

それが、柳絮も飛ばなくなって気が付くと、いつの間にかフェイディエンも収束していた。

モンゴル相撲のエキシビションの控え室にいた。

中国のモンゴル自治区から来た。とび職が履く純白のだぼだぼズボンは格好いい。はるか上空の鉄骨作業では裾が風を切って足元の具合が感覚で分かる。それをもっと膨らませたズボンの上に粋なデザインの乗馬用の膝当てを付ける。足裏の土踏まずに引っかけて腰バンドまで引き上げて縛り付けた。

上半身は裸で黒革の小ちゃなチョッキを着る。首には赤、黄、橙、青の布切れを背中にひらひら垂らしている。

仕上げにふくらはぎまでの革ブーツを履いた。これにも金がかかっていて白地に凝った刺繍が入っている。

ルールは足の裏以外の部分が地面に先に着くと負け。モンゴル本国とは少しルールと服装が違った。本国の方は服装もルールもレスリングに近く、確か手を着いても良かったはず。モンゴル自治区の方が古式を残しているのかな。

観客が丸く囲んでいた。広さはゲルくらい。大阪ではパイプ椅子に座った。現地で主催したときには草原に座ってもらった。

そのときの賞品は一位、羊。二位と三位はモンゴル茶。優勝者が、顔は笑っていたけど、

「お前、羊はな、抱いて俺に渡すもんだ。失礼だろう」

と嘯《うそぶ》く。

重たいし暴れるし、そんなの二匹も両脇に抱えられない。困ったもんだ。

さて、まずは互いに肩を掴んだ。何組かが同時にスタートした。それぞれに審判がつい

ての勝ち上がり方式。

全ての出し物が終わるとそこに貼ってあったポスターをくれた。

トラドと飲みに出る。ＪＲ梅田駅、そこから阪急東通商店街に向かう。

どの店がいいかな、店を選びながらふと振り返ったら何と全員がついてきていた。さあ大変だ。

たまたま持ち合わせがあったので店長と交渉して店の半分をオールナイトの貸切にしてもらった。始発が出るまで。

向こうでは日本の刺身と鮨《すし》、ラーメン、鶏の唐揚げが大人気。舟盛りとマグロ赤身のにぎりを何鉢か取り寄せた。唐揚げも多めに揚げてもらった。酒のあてとしてこれらは見てくれもいい。

「現地でたらふく食べた、うまいのなんのって」

となる。

あとは様子を見ながらの注文だ。焼酎の在庫が七本あった。とりあえずはこれで始めた。氷が便利だからみんなにはロックで飲んでもらう。

店の名刺の裏に一筆もらって、領収証は取らない。安い。流石は大阪の大学生御用達の歓楽街だ。

大宴会になった。佳境に入ると使節団のプロのカンツォーネ歌手が、二曲披露してくれた。

馬頭琴とホーミーも始まっている。ホーミーは一回で同時に高音と低音を吹き分ける口笛。

次の日が祝日で日本の友人たちと奈良でゴルフをすることになっていた。ゴルフバッグは先に送ってあったのでその店からタクシーで直行することにした。しこたま飲んで騒いだ。ぐでんぐでんのゴルフは散々。背広のズボンはそのままで何とか使えたが、シャツと靴は買った。

「糞ったれ、こんなところで買ったらなんぼ取られたって文句が言えねえじゃんかよう！」

昨夜からの分を入れると大変な出費になった。

これで済むわけがない。宿泊するホテルはもぬけの殻で大騒ぎ。逃げたとは思わなかったにしろだ。

そこへ全員が大いに酔っ払って、のこのこと朝帰り。まだ領事館の方には連絡するにも何も分からないではどうしようもなく、していなかった。携帯電話は一般にはまだだ。

「あかんよ」

知人に叱られた。

二

使節団は東京を回っての帰路にはバスを仕立てていた。北京からモンゴル草原へは早朝に出て夜中には着くという。必要な手続きが間に合って同乗できた。

北京から小一時間も高速道路を走ったところに八達嶺《はったつれい》の長城があった。立ち寄るという。

外国人を相手の商売だからだろう。一人四五元は目ん玉が飛び出るほど高い。ちょっとしたアルバイトの半月分の給料だ。チップの文化はない。その代わりバスの運転手にはお礼として一〇〇元握らせた。大金だ。日本でもこういうことをする業界もある。

近くに雲蒙山公園があって、その先は内モンゴル自治区で、モンゴル人が「門」と呼んだ張家口《ちょうかこう》になる。長城の裏側に当たり盆地になっていた。

ここに元のフビライ・カーンが夏宮殿を構えた。一二月から二月までは北京の紫禁城の中に冬宮殿を構えて、夏冬ともに竹の梁《はり》で組んだ広大なゲルで暮らす。

第二次世界大戦の最後の一年間だけだったが張家口に京都大学の西北研究所が設立されて、錚々《そうそう》たる顔ぶれの学者たちが集まった。

満州、モンゴル一帯の生態学、民族学的調査。

所長は生物界の構成原理として、「棲み分け」を提唱した今西錦司。辞書によると近縁の二つの生物種が同じ地域に分布せず、境を接して互いに棲む場所を分けあって生存していること。生存競争による自然選択というダーウィンの進化論に対する批判の意味を持つ。

この盆地からモンゴル草原へ北東に駆け上がるとシリンホト、北西に駆け上がるとフフホト、その西に包頭《ぼくと》があった。

雲蒙山公園はロンドン港と同じ面積。草原が侵食された山々が一六六座も連なっていた。主峰は雲蒙山（１４１４）。

一回なんぼのお遊び。長城外壁の立ち上がりに置いた標的を上からモンゴル弓で射る。

民族の祭典、ナーダムは各地でモンゴル相撲と競馬と弓射を行って気運を盛り上げながら何日もかけて中央競技場に集まってくる頃には気分はもう大乱闘、競技参加者の頬は擦り剥け、腕と両肩も生傷だらけになっている。

その競争心がむっくりと起こった。真下の標的に向かって肩の筋肉がぎゅっと引き締まって弓が引き絞られたと思いきや、反動でもうその矢が放たれている。命中。

「お前もやってみろ」

と言うので試みたが引くに引けなかった。何かコツがある。

二

ふわっと草原に仰向けに倒れ込んで、夏の空を見上げた。晴天。風はない。

日本で見た草が目に入ってきた。アザミ。小さないろんな花。上からは草に呑まれている。

虫の羽音。虫にとっては大騒動、逃げていたのが戻ってきたか。

羊一匹を潰したら、うどんなどと合わせて親子三人が一ヶ月食べられる。

羊は硬い茎の草を難なく噛み切る。だけど少しでも氷に覆われたら鼻をこすり付けても滑るだけでダメだ。飢える。

すばしっこい草原のちっちゃな山羊は根っこまで引き抜いて食べた。真っ黒の角《つの》がすっと長く伸びて格好いい。

山羊一匹に羊五〇匹が一つのグループ。羊の方が本能的についていく。薄い氷なら山羊が草を引っこ抜くときに割れる。それだな。

「シベリアのトナカイはどうだ？」

雪の草原を前足で蹴って食べた。

大きな羊の群れが草を食んでいた。山羊を数えたら一〇匹。ならば羊五〇〇匹か。インドでゼロが発見された。〇から九までのアラビア数字の組み合わせ、〇は読まない。代わりに十、百、千と読む。ゼロの概念を折り込んだこの呼び方が、数字を人類に解放した。正確にカウントできることの喜び。だけど掴みで何匹か見当がつけられることの方が実用的だ。

大きな起伏の緑の絨毯の上を最近ではモンゴル帝国の通行手形を持った早馬が駆け抜けた。要所要所に設けられた関所に用意された駿馬を取っ替え引っ替えの早駆け。


モンゴル草原のフフホトから中原の西安まで、寝台列車で移動した。

トラドとミランダとの三人旅。停車駅は八駅。深夜に延安駅を通る。

少し眠って、食堂車で朝の車窓の風景を見ながらコーヒーと固いおひねりパンとオムレツを食べた。乾燥していて土っぽくぼやっとしている。決して汚れた窓ガラスのせいではない。もうすぐ西安だ。

確かに三人は疲れてはいた。

フフホトで共通の友人の結婚式があって、その帰りだった。こっちの結婚式ってピーナッツの殻とか上海蟹の季節なら蟹の足とかの食べ物のかけらがフロアに落ちて足の踏み場もないんや。

皿の外はゴミ捨て場。口から直接落とす。汚いなあもう。気を付けて歩かないと滑った。ズボンの裾の汚れは諦める。

食べながらの大声の会話、笑い声。疲れるけど楽しい。みんなの胃袋の焼酎に火がついた。火焔が上がる。飲みすぎた。

西安ではトラドの友人の車で西安碑林と始皇帝兵馬俑坑を回った。

項羽と劉邦の鴻門酒宴《こうもんしゅえん》遺跡には時間がない。緊迫の状況を現地で味わいたかった。残念。劉邦の部下に項羽が生の豚の後ろ足を放り投げて、食えと言う。

「うまいか！」

「大好物だ！」

と食らいつく。ひどい下痢だけで済んだらいいが。

劉邦がトイレに託《かこつ》けて馬で逃げた。お土産の宝石をばら撒いて踏みにじる項羽。劉邦はヤクザの出、項羽は有名な武門の出、共に知将だったが、のちに項羽の方が殺された。

空港で食べた本場のジャージャー麺がおいしく、おかわりをした。昼にウルムチへ発つ。北京との時差二時間。夕暮れがそれだけ遅れる。

二

そこでは酒席で意気投合して友人になった同じ年格好のイリの親分が部族地域から運んできた日本製オフロードバイク（空冷四サイクル単気筒２５０ｃｃエンジン）の新車が三台

待っていた。それに乗り換えてフフホトまでの二〇〇〇キロを帰ってくる。

いきさつはこうだ。

トラドによると、草原ではオートバイが流行っていた。膝までの草原を走る。行ってみると、日本の中学生くらいだ。ガソリンがもったいないから、ゲルから遠くへは行かない。中国製、125cc、普通のバイク。

三人でツーリングをしたい。ミランダもトラドも免許を取りに行くという。イリの親分は新疆のイリ地方に住んでいたが、パキスタンの部族地域に出ずっぱりだ。ベトナム戦争の大きな後方支援基地の倉庫の在庫品の中に、日本製オフロードバイクがあった。そういう兵站《へいたん》基地にあって撤退時の時限爆弾に爆破されずに残った品物の全てが部族地域に漂着していた。そう思っていい。

連絡がついてみると、二つ返事だった。お目当ての在庫はある。

「三台で二〇〇万円でどうだ」

話がまとまった。ミランダとトラドの親は金持ちだ。

あと決まっていない費用としては、部族地域からの運搬代、イリの親分名義でする正規の輸入手続きと新車登録費用。北京と上海にはありっこないので揃えば次のものも。

軍用ザック、軍用荷台バッグ。チューブ、パンク修理キット。工具、プラグ、電球。ツェルト、寝袋。ナイフ、斧、ノコギリ、コッヘル、水筒。米軍の野戦食《レーション》。ヘルメット、手袋、ブーツ。

防具に着られてしまってはツーリングが面白くない。からだが萎縮してしまうようになったらお終い。骨折したときには確かに困ったこともあったが、傷が治ってからもヘルメット、手袋、ブーツ以外の防具は使っていない。

普段着がいい。この点は大切だ。夢見が悪くなる。夢に単車を持ち込んで自在に遊ぶことができない。夢の利点はガソリンがいらない、谷底へのジャンプも可能、これさえあれば少しくらいなら空も飛べる。

携帯コンロもいらない。水筒の水で済ます。逆に焚き火のできる場所での野営は最高だ。肉を熾火《おきび》で焼いて、パンに挟んで食べる。カマンベールチーズ、ベーコンと野菜。

イリの親分が勧めるのには、

「ウルムチまで取りに来てくれた方がいいんじゃないかな」

途中での荷抜きを気にした。

交通取り締まり対策としては、

「トンコウまではしかるべき人を乗用車で付ける」

と言う。

一昔前の日本の子供は、

「鬼が来るよ」

と言って育てられた。

ナマハゲがそう。北京の子供は、

「ジンチャー（警察が）ライラ（来るよ）」

と言って育てられる。

トンコウ、トルファン間の五〇〇キロ。トルファン、ウルムチ間の一五〇キロ。この区間では主に夜間、非公式の検問が長距離トラックに対して行われることがあって、目的は賄賂《わいろ》の要求らしい。この単車は珍しいから引っかかりそうだ。当然当局は否定していたが、隠し撮りの画像を見せ付けられて証言者の加工された肉声を聞かされたら、黙ってしまった。そうであればイリの親分が気を使うのも分かる。夜走ることもあるんだから。

互いに全く通じない方言の障壁と共産党地区委員会間の覇権争いが相まって、中国全土にテレビ局が林立していた。標準語の字幕付き放映。北京では全部見れた。

一〇月一日から始まる国慶節のテレビは反日一色で染まった。一週間の休日。西部報道《せいぶほうどう》という局は、蒋介石軍と日本軍が戦った丘を紹介し、そこにたくさん転がっている戦死者の墓をちゃんと立てて階級を映し出してこのように解説した。

上等兵、伍長、一等兵、これらは旧日本陸軍の階級だが蒋介石軍もそれを使っていた。連合国の飛行機が軍事物資を投下し、志願兵も船でやって来た。その映像。反日戦争にはこういうもんもあったんや、共産党だけがやったのではない。

ミュージカルが始まった。銃弾に当たって戦死するとあの世で再び軍が組織されてこの世に送り返される。蒋介石軍の先頭に立って突撃した。面白くない三時間番組だった。非公式の検問をすっぱ抜いたのもこのテレビ局だ。中南海の逆鱗に触れて潰されるなと思った。見納めだ。最後まで我慢した。案の定、西部報道は突然消えた。わずかこれだけの理由で西部報道の肩を持つ気はないけどね。

さて、イリの親分が差し向けてくれた護衛（ご当地のジンチャーに顔のきく人）は話してみると気楽な人だった。

「どないにでもなりまんがな」

「まっかしときなはれ」

有名大学を出ているらしい。

全部揃っていた。その上、ガソリンも満タン。すぐに試乗したいだろうから。

イリの親分は二〇〇万円しか受け取らない。

「最初に決めた値段じゃないか。それ以上はもらうわけにはいかんよ」

端《はな》から儲ける気なんかない。困った。借りは借りだ。

忙しいイリの親分と別れて、慣らし運転で天池に行った。トラドとミランダの練習も兼ねる。

左側通行の国は日本、香港、インド、イギリス、オーストラリア。右側通行の国は中国、スペイン、フランス、ドイツ、アメリカ。

ウルムチから一〇〇キロ、片道一車線の舗装路が天山山脈に入ると、トウヒ林の中を縫って走っていた。葉っぱは杉に似ていて、樅《もみ》の木のような枝の張り方。建築材として高く売れる。

一抱えもある太い幹のトウヒが適度な間隔で生えていた。まるで手入れの行き届いた日本の杉林。白っぽいサクサクの土、黄土状堆積物というのらしい。霜柱を踏んで歩いた冬の朝を連想する。

トウヒ林の中に匂いがない。おかしい。生態系のハーモニー、林とか森の匂いが大好きなのに。体調が悪いから匂いが分からないんだ。残念。

天池に到着。海抜二〇〇〇メートルの氷河湖。奥行きが五キロあって、周遊道路がないため水は透明で、ずっと奥の湖面には、氷河を抱いた五〇〇〇メートル級の天山山脈が映っている。

そのバイクの変速は左足のつま先でする。リターン式五段変速。踏み込んで第一速、蹴り上げて第二、三、四、五速まで。五速で無理なく走ったらガソリンはほとんど食わない。第一速と第二速の中間点がニュートラル。

スタートは第一速から、慣れてきたら、緊急時には半クラッチで吹かして（こうするとエンジンのトルクが上がる）第二速からでも発進できる。吹かすということはエンジンの回転数を上げること。第二速よりも第三速の方が回転数が高い。だから第二速から第三速へのギヤチェンジなら事前に吹かしてからクラッチを切ってやると回転数が合ってスッと入る。もっと慣れてきたら下り坂ではクラッチを切るとニュートラルになって、エンジンのトルクが効かなくなり、エンジンブレーキが解除されてスッとスピードが増す。たとえ一瞬でも危険だ。こんなときはクラッチを切らずに回転数を合わせるだけで左つま先に軽く力を入れる。すると勝手にギヤがスコンと落ちる。上級テクニック。

こういった一連のギヤチェンジの流れをミランダもトラドも何とか身に付けた。と、安心していたらやけにエンジンジン音が高い。ミランダが第三速で時速七〇キロも出している。これではエンジンが焼き付いてしまう。第四速で走るべきだ。それでもまだトルキーな走りだったら第五速にシフトアップする。

第二速で時速何キロまで引っ張るのか、第三速では、第四速ではということをからだで覚える。この道は何速で走るのがベターなのか、刻々と変わる道路状況に合わせてギヤを合わせてやる。それができるようにならないと。そういうことまでからだで分かるようになっていないと長距離ツーリングではエンジントラブルを起こしてしまう。ましてや慣らし運転のときにそんなバカなことをしたら元も子もない。

二

北京の夜市はとうの昔に禁止されて、いまは観光用に大繁華街、王府井《ワンフーチン》の裏通りに引っ込んでいた。何軒もあるわけもない。おまけにデパートや飲食店の火が消えて表通りの人通りが減るとそれに合わせて店を閉める始末だ。こんなの夜市とはいえない。

ウルムチに帰ってきたのは北京時間の午後一〇時、これが公式。新疆時間では午後八時。夜市の人の出もこれから。トラドの北京大学の友人が四人加わって七人になった。

名物料理は金串に羊の肉を刺して、焼き上がると、焼いたピザパイ生地を半分に折って挟んで金串を抜く。

七人でゆっくり座れる場所を確保して、ビールを呑む。いろんな料理があっちこっちの屋台から運ばれてくる。普通はこんなことはしない。現地の人間が四人もいると頼もしい。イリ酒は陶器の頭を割ってから栓を開けた。偽物でない証拠。うまい焼酎だった。

夜市の散策。大きなデパートの商品を広場にばら撒いたらこうなる。何でもある。家族連れの多いこと。北京時間の午前二時になった。みんな帰る。お開きだ。

バイクに乗ってのフフホトへの帰り道。海抜マイナス一五四メートルのトルファンへ海抜一〇〇〇メートルのウルムチから一気に下る。トルファンの意味は窪地。風速二〇メートル、砂漠地帯の風は強かった。

「カレーズに寄ってもいいだろうか」

護衛に頼んだ。

地下に下りると、人一人が立って歩けるトンネルに水が腰までの深さで流れていた。真っ暗なトンネルの奥からどんどん流れてくる。ペットボトルに紐を結んで垂らして通路から汲み上げて飲んでみた。下痢はしなかった。

天山山脈から砂漠の地下を六〇キロ。一〇メートルの間隔で井戸を掘って、それを横に繋ぐ。

ホテルのレストランでの昼食にワインを飲んだ。昨日のイリ酒とトルファンの赤ワインは有名だ。四人で葡萄酒の瓶が三本空いた。

ここで護衛に一〇〇元渡す。フライングだ。こういうときには別れ際に一〇〇元渡すのが相場だから、先のトンコウで渡したらいい。護衛も気持ち良く受け取ってくれる。その代わりといっては何だがこれからは飲酒運転にも気配りしてもらわねば。

トンコウで別れるときに一〇〇元をもう一度渡した。イリの親分の差し向けてくれた護衛には敬意を払っておいた方がいい。

トルファンからトンコウへ少し走ったところに『西遊記』で有名な火焔山の看板が出ていたので立ち寄った。

山全体が赤い地層で覆われていた。裏側の大きな峡谷には谷底に申しわけ程度の灌木しかなく、こちら側の仏教石窟《せっくつ》から向かい側の山を見ると砂の斜面に何筋もの獣道が頂上から水場まで下りている。お坊さんが言うには狐だそう。遠路はるばるここまでやって来るらしい。

二

フフホトには例の結婚式の友達がいた。そこに行きも帰りも一泊して、包頭まで、そこから北へだいぶ奥まったところにあるラマ寺までのツーリング。もうトラドもミランダも一人前。地名は五当召。大きなおむすびみたいな山体の日当たりの南面を埋める清の乾隆帝《けんりゅうてい》時代の大伽藍《がらん》だった。

僧坊も二五〇〇を数える。五当は柳、召は廟、柳の寺という意味。

シリンホトのラマ寺は建物だけ残されたものの、中の物は全部燃やされた。とうの昔に僧侶たちも姿を消していたし、あれでは観光資源にもならない。トラドによると、文化大革命でそうなったのらしい。

五当召の頂上に近い伽藍の最上階の一室に、黄色の紙に雑に包まれた氷砂糖が大きな机いっぱいに盛られていた。その一つを持ち上げて、

「この氷砂糖を下さい」

しらっとしていた老師がトラドの言葉には応えて、頷いてくれた。両手にいっぱいもらって、お礼のお金を渡す。

どうも失礼なことだったようだ。

「当惑しとったやないか」

とトラド。

「一〇元で良かったかな?」

「いいんじゃない」

どうも立ち入り禁止のところだったらしい。

入り口の駐車場を取り囲むようにたくさんのお食事処があった。溢れんばかりの観光

客。

「ここの羊の肉はうまい」

とトラドが舌鼓を打って言う。うまさではシリンホトとサリム湖の羊肉がいい。

「草原の草に塩分が含まれているからうまいんだ」

その味に似ているとのこと。

行きは良い良い帰りは怖い、帰り道は疲れた。アスファルト舗装は走り込まれてつるつるの黒光りで、中央線はほとんど消えていた。岩山を削った道路では数匹の黒山羊が勝手に横断してくるし、ふもとの白楊の並木道では小道がいっぱいあって自転車が飛び出してきた。

白い綿毛に包まれた柳絮が雪のように北京で舞っていたのももう三ヶ月前のこと。その白楊の並木は地面から一メートル、虫除けの石灰をべっとり塗られて、何とも風情のない。村の中は徐行運転にした方がいい。気の抜けない山間の村々を縫ってのツーリングはしんどかったけど面白かった。

それが、包頭からは気楽なもんだ。途中にある葡萄畑は灌漑の真っ最中だ。用水路から直接水が葡萄畑に流し込まれて広がっていく。こんな光景は生まれて初めて。何かがおかしい、そう思えてならない。それが呼び水になって地下から塩が滲み出てくる、塩害の危険はないのかな。変な妄想はやめておいた方がいい。生齧《なまかじ》りの知識なんて百害あって一利なしだ。いつしか高速道路に繋がって、へとへとでのご帰還とあいなった。

二

雲蒙山公園にもよくツーリングに行った。主峰の雲蒙山は南アルプスは小渋川の広河原小屋から大聖寺平までの直登を思い出す。だけど塩見岳の大崩壊のようにじめじめしていないし、苔《こけ》も生えていない。

太陽に焼けた花崗岩の真っ黒の表皮（遠目にはそう見えても実際は日に焼けた地衣類かもしれない）が剥がれ落ちて、その跡には鉱石の粒がきらきらと光っていた。

それもやがては砂になって流れ落ちていく。花崗岩の砂状化で苦労したのは甲斐駒ケ岳の頂上付近のこと。急な斜面にいっぱいの花崗岩の砂は前へ進ませてくれなかった。両手両足でずり上がった。

さて、岩塊の谷は途中から森林の直登に変わる。

山道をこつこつ歩いていたら明るくなって空が見えた。頂上だ。下を覗くと絶壁がふもとの谷まで続いている。花崗岩の山体が一〇〇〇メートルも割れ落ちて日当たりの良い絶壁になっていた。絶景なり。

アメリカのデスヴァレー国立公園と同じく転落防止柵はない。自己責任。

頂上で先着のカップルから洒落た包み紙で捻ったチョコレート菓子をもらう。

「どこで売っているの？」

笑って教えてくれない。外国で買ってきたようなので、

「どこかに留学していたの？」

と尋ねたら、それがきっかけでいろんな話ができた。トラドとミランダも入ったこういう

場所での会話は楽しい。

この国の人はハレ（非日常）の場所では人懐っこく世間話のきっかけを求めてくる。汽車旅行で向かいに座った人とか、寝台車の向かい側の人なんかもそうだった。イギリス人にもそんなところがあった。

そういえば一昔前の日本人もそうだ。広沢虎造の浪曲、『石松三十石船道中』。大阪から京都までの淀川の船旅、街道一の大親分、清水次郎長の話から、子分の森の石松は自分のことに話が及んで上機嫌だ。

「江戸っ子だってねぇ」

「神田の生まれよ」

「呑みねえ、スシ食いねえ」

「馬鹿は死ななきゃなおらない」

のフレーズが大人気を博した。

雲蒙山の中腹にぽたりぽたりと落ちる水滴の水飲み場があった。マテバシイがあっちこっちに生えている。その実のみずみずしいこと。子供の頃にヤジロベーを作ってよく遊んだ。イギリスではバランス・トイという。心が和む。キュウリが五本浮かんでいた。水飲み場を汚しているわけではない。

値段が安い。やっていけるのかな。湧水は大丈夫。水を飲んだ。うまかった。

この公園は森林資源に恵まれている。たぶん谷川の水も飲めるだろう。

谷川にはハヤが泳いでいた。帰り道、例のカップルがハンカチを上手に使って一匹捕まえた。ペットボトルに入れて持って帰るという。ハヤはすぐ死ぬ。

北京の水道水は沸かして飲む。そのまま飲んだら腹を壊す。どうするんだと聞いたら、水道水を日光消毒してその水で飼うのらしい。

「煮沸消毒したら養分がなくなると思うんだ」

考えてはいる。


イリ地方はモンゴル草原の中央南端に位置していた。ウルムチの西五〇〇キロ。天山山脈から西へゆったりと流れてバルハシ湖に注ぐ全長一五〇〇キロのイリ川上流域にあるイリ盆地と、その北端、水面海抜二〇〇〇メートルのサリム湖を合わせてこう呼ぶ。中国領。この湖は琵琶湖の半分の大きさで流出河川はない。イリ川下流域のカザフスタン領には大きな三角州があった。

イリ地方の草原と森林は有名だ。羊の肉がうまい。サリム湖の草原には特産のイリ馬が放牧されている。交配種。かつてはそこに野生種が棲息していた。

大きい順にサラブレッド、イリ馬、モンゴル馬。イリ馬はいまも人気の名馬で、前漢の武帝の軍馬だった。当時は野生種。モンゴル馬を近くで見たがこれで小さいのかと思う。小さい順で逆境に強い。草原で水がいらない。

イリの親分はこの地方に多い色目人で、美しいサリム湖畔に瀟洒《しょうしゃ》な洋館を建てて暮らしていた。家族はいない。

表の顔は放牧しているイリ馬のオーナーだが、本業は武器商人。武器の仕入れ先はパキスタンの部族地域。

二

三

南アルプス。
三伏峠小屋・三伏峠（2607）
烏帽子岳（2726）
小河内岳避難小屋・小河内岳（2802）
高山裏避難小屋
荒川中岳避難小屋・荒川前岳（3063）
荒川小屋
大聖寺平（2720）
小赤石岳（3081）
赤石岳避難小屋・赤石岳（3121）
百間洞山の家・百間平（2782）
大沢岳（2820）

これだけの長丁場《ながちょうば》の西側は大崩壊で絶壁になり、ガレ場の山が小渋川に押し寄せていた。九本の源頭を数える。中央構造線を横切って天竜川に合流する。源頭から天竜川の合流点までの落差は二〇〇〇メートル。小渋川の広河原小屋は荒川前岳と赤石岳との大崩壊に挟まれて生き残った古い森の尾根筋の底にあって、直登の道が大聖寺平へ駆け上がっていた。この小屋は見つけるのに苦労する。

岩のかけらが、うず高く、広く、凸凹に溜まって小屋の周りの緑が荒波の怒涛の中に佇むちっぽけな岬みたいに見えた。

小渋川の渡渉中に足を下ろしたところの砂が流れて足元をすくわれ転んだ。少し流されて向こう岸に這い上がったときにはもうずぶ濡れ。ザックは内側をビニールで包んであったので大丈夫。

広河原小屋ではさっそく濡れた衣服の着替えをして、一泊する準備をしていたら大雨が降ってきた。予想が外れたもの。危なかった。

水筒を持って外に出たら、岩のかけらの広い河原が消え失せて怒涛の海になっていた。

管理人のいない無人小屋。汲んできた茶色の水で湯を沸かしてインスタントコーヒーを飲んだ。下山してきた同宿人が、

「そんな水、飲んで大丈夫ですか?」

と聞いてくる。

三伏峠小屋がポイントで、北側（表）からやってきて南側（裏）へ去っていく、あるいはここから下山したり、ここへ上ってきたりする登山客でシーズン中は賑わう。年末年始

の三伏峠も他山の例に漏れずラッセルは不要、誰かがしてくれていた。

ここにテントを張って新年を迎える人の多いこと。積雪は一メートルから一・五メートル、よく踏み固めてテントを張ってもお尻のところが深く沈んだ。

小渋川右岸にある高山《たかやま》の滝を上って高山裏避難小屋近くでビバークし、荒川前岳へ上り、大聖寺平に下りて、小渋川へ戻るコースは一般的ではない。途中まで道もない。だけど、あとのバリエーションが面白くなること請け合い。いったん入ってしまえば、小渋川本流域では気が気でなかった鉄砲水の心配もなくなる。

北岳から入山し、間ノ岳、塩見岳、三伏峠、烏帽子岳、小河内岳、荒川前岳、荒川小屋、大聖寺平へと幕営縦走をしてきた。

荒川小屋を過ぎて大聖寺平の鞍部《コル》へはあと一〇分もかからない。そのとき、ぽつりぽつりと雨が降ってきた。これでは小渋川からの下山は無理だから、前岳南斜面の急なお花畑を引き返して、荒川三山を、前岳、中岳、東岳と歩いて千枚岳の向こうに下りることにする。

こんなときに限ってお花畑に六羽の雷鳥。花のつぼみをついばむ。子供の雷鳥も混じっていて親の真似をしている。小渋川からの贈り物だと思うと小半時が過ぎても惜しくはなかった。どうせ今回のエスケープルートは長いし、それも倒木でだめかもしれないのだから。

こういう運まかせのときには焦らない方がいい。荒川中岳避難小屋に着けば分かる。

南アルプスの人気の縦走路の西側はたいてい崩れていた。その崩れ方が半端じゃない。塩見岳頂上付近から見下ろす大崩壊を、「これこそが中央構造線の地上トレースだ」と思って見たら、受ける迫力が違ってくる。それがただの大崩壊だっただなんて。がっかりついでに、帰り道、マイカーを止めて、中央構造線の谷川をじゃぶじゃぶ歩いた。何とも味けない。

三

ヘリコプターが近付いてきた。パイロットの顔が見える。音がうるさい。下山を促す手振りに見えた。

「山狩りか？」

左下には農鳥小屋が見えていた。向こうには熊の平小屋もあった。尾根筋が違う。まっすぐ行けば南アルプス本通り、塩見岳から三伏峠に出る。

そうせずに農鳥岳から下山した。大門沢小屋には午後二時に着いた。一番乗り。泊めてもらう。フランスパンにキュウリとハムを挟んでバターで齧り付いた。ウイスキーのお湯割りをぐいと飲む。日だまりに置かれた頑丈な木製の長テーブルと長椅子、そこに仰向けに寝っ転がった。明日の奈良田には大きな温泉施設がある。一眠り、さすがに日が陰ってくると寒い。携帯ガスボンベとバーナーとマグカップをザックにしまって真っ暗な小屋の中に入った。

よく見ると旧海軍将校の制服姿の老人が床に腰をおろしていた。その独り言は面白かった。

「信州は『シンシュウ』と読むんですから、信は神の当て字なのです。だから神州であると理解して頂きたいのであります。この神の地に大本営を持ってくるっていうんで頑張った。どれだけの金と人が関わったか。うわさが立たないように、緘口令《かんこうれい》が敷かれても規模が大きく期間が長すぎた。それでも大騒ぎにはならなかったでしょう？　土地柄なんですって。既に延べ一六キロの地下道で繋がった地下ドーム群の建設は終了しております。それをなんですか、今更あの人らが渋っておられるとのこと。御前会議で決定し閣議で正式に手続きを踏んだはずでしょう？　そうではなかったんですか？　分かりませんなあ。ああ、そうですともさっぱり分からないですな」

「富士山後方の信州に大本営を構えて、敵占領軍から帝都奪還を図る。これはすでに決定事項でしょうに！　富士山の人工大噴火に乗じて襲いかかる。火山灰に制空権を奪われる。戦闘機が飛べない。レーダーも暗号無線も使えなくなる。併せて、秘匿の潜水艦隊による近海の敵艦隊への一斉魚雷攻撃。もう一度『トラ！　トラ！　トラ！（ワレ奇襲ニ成功セリ）』の連呼が大東亜の空を駆け巡るんですよね。降り積もる火山灰の中で行われる大攻勢になるでしょう。我々は日本最大の活火山、富士山の地下探査を繰り返して、やっと大規模なマグマ溜まりの位置を特定しました。そして、このマグマをまっすぐに上昇させることができます。こうしてやるとマグマは気体、液体、固体に分離しないので一気に駆け上がる。マグマが全部吹き飛ぶんですわ。宝永大噴火では大量の火山灰が一〇〇キロ離れた江戸まで三時間で飛んで降り積もったんです。これを人工噴火でやる。噴火は一ヶ月間続きます。その初日から開始される電撃攻撃、必ずや敵戦力中枢を一気に叩き潰す。

そうじゃなかったんですか?」

「信州への大本営移転がぐずぐずするようなら、いっそ放っておきましょうや。人を散らすわけにはいかない。現有の金と人は南アルプスの北岳の方に回して下さい。この山は火山じゃない。古生層の堆積岩だから縦穴を掘って基地から広河原に降りるエレベーターを設置できます。何しろ厳冬期の北岳は登山の素人を寄せ付けないですからな。奈良田温泉を通る富士川の支流にはたくさんの発電所がある。だから、この基地では有り余る電力を自由に使えるんです。エレベーターの計画は予算面で断念した経緯がありますが、これをやっちゃいましょうよ。株式会社イ組がやるんです。下手なことはしませんから。技術的な問題は解決済みですし」

この人はときに癇に障る物言いをする。自己紹介されて知ったのだが株式会社イ組のトップで、林という人だった。帝国海軍の気風を取り入れた林は、陸軍のかちかち頭の連中に対するときを除くと株式会社イ組を名乗ることはなく、当時は敵性言語であった英語のワークス(Works)という言葉を好んで使ったという。

三

トラック道が奈良田から北岳登山口の広河原まで川沿いに通っている。そこから大樺沢の雪渓を登って八本歯のコルを越えると東壁の大トラバースに出た。その下に顔を出す山岳地中基地からは、目と鼻の先に富士山があった。まるでそう見える。

ここに青木ヶ原樹海に構築した富士山人工噴火システムをバックアップする仕組みを構築した。

そのトラバースから北岳山荘のテント場に着いたのが昨日。今朝のやかましいヘリコプターは彼を探していたんだ。どうも隠しトンネルを伝って逃れてきたらしい。

明治維新から一〇〇年もしないうちに第二次世界大戦が起こった。それが始まってすぐ、マレー沖でハプニングが起きた。世界最強とチャーチルご自慢の最新鋭戦艦プリンス・オブ・ウェールズと、当時、その攻撃力では右に出るもののいない巡洋戦艦レパルスが日本の九六式陸攻と一式陸攻の三波に及ぶ波状空襲であっけなく沈んでしまった。それも停泊中ならいざ知らず、航行中に。

蒸気エンジン周りに魚雷が命中し、プロペラシャフトが曲がり、それが装甲を内側から連打して破ると、浸水を起こして舵と発電機が死んだ。戦艦大和はこの轍を踏まないようにメンテナンスフリーのエンジンを分厚い装甲で埋め殺すというコンセプトで三〇ノットを得る。さすがは世界に冠たるモンスターバトルシップだ。

「いったいどうしたというんだ、空からの攻撃だけで撃沈されるなんて信じられない。それもアジア人の造った飛行機に」

「ノットは二倍して一割引くと時速になる」

ヨットマンに教わったアバウトの換算式だ。

第二次世界大戦の日本海軍は航空母艦で三〇ノット（時速五六キロ）、駆逐艦で三五ノット（時速六五キロ）と決めていた。

三

戦闘ではただ速いというだけではいけないらしい。いまでも世界の航空母艦と駆逐艦の標準速度は変わっていない。三〇ノットを超えると乗り心地が悪くなる。例えばおいしさを追求した艦飯などは、ひどい揺れで調理できない。戦闘にも向かない。

真珠湾攻撃によって火蓋が切られた太平洋戦争、その二日後の一九四一年一二月一〇日の話だ。

その真珠湾では日本海軍機動部隊が三五〇機の攻撃機を投入してあっという間に米太平洋艦隊を沈めた。

一式陸攻、長距離飛行とスピードを優先し、大容量の燃料タンクの防弾が後回しにされたために、のちに敵戦闘機のスピードが上がってくるとワンショットライターというニックネームをもらう。それまではあっちこっちで大活躍。

メーカー側は当初から防弾を主張、軍部はそれよりも優先するものがいっぱいあるとして対立、軍部が押し切った。

アルゼンチン沖で、チャーチルがこの船にルーズベルト大統領を迎えて、国連憲章（UN　Charter）に繋がる大西洋憲章（Atlantic　Charter）を締結したのはつい半年前のこと。そんなイギリスの威信が海の藻屑となって消えてしまった。

時代の常識が吹っ飛んだ。その衝撃波は世界中を駆け巡った。アングロ・サクソン文明の中心二ヶ国のプライドを同時に叩いた。素晴らしい戦略だった。チャーチルは一時ノイローゼになる。これが皮切りになって白人たちのアジア植民地支配が消えた。

民間人が大量虐殺《ジェノサイド》された。木造住宅を燃やす目的の焼夷弾による大空襲と原爆だ。長崎はプルトニウムを用いたファットマン。広島はウランを用いたリトルボーイ。リトルボーイは核実験なしの出たとこ勝負だった。実使用一発、在庫一二〇発。在庫一掃セールはどうするつもりやったんや。狂人日記があるんなら読んでみたいと思った。ハンドバッグの中身の秘密が暴露されたんだから、探したらアメリカで自費出版でもされていないか？

核の人体実験にも、敗戦による隣国からのいじめにも日本人は耐えた。隣国といってもたくさんある。台湾だけが日本をいじめなかった。共に自由主義国だ。いずれは台湾が大陸の共産主義を領導してひとつの国家にまとめ上げる。

根拠がある。奈良・平安時代にいまの日本語が生まれた。漢字の音読（中国読み）、訓読（日本読み）、万葉仮名（男仮名）、平仮名（女手）、片仮名。

漢字の音読において、四声《しせい》、

高音の平声、

ずり上がり音の上声、

凹み音の去声、

ずり下がり音の入声、

を捨てた。そうしておいて、例えば春。シュン（音読）をはる（訓読）という柔らかいオブラートでくるむ。併せて千文字あった万葉仮名も姿を消す。筋のいい話だ。ルールが一つあった。公文書には漢字を使うこと。

中国の方言はひどい。上海と北京でも全く通じない。それが六つもある。中国語と日本語との違いくらいにだ。そういうことなら日本語も中国語の方言の一つ、七番目の方言じゃないの？　いや違う。

日本語と中国語の違いはこうなる。どっちがすっきりしている？

カント（康徳）
シューベルト（舒伯特）
アンデルセン（安徒生）

平安時代に『源氏物語』が生まれた。内容が面白いので引っ張りだこ。長編小説の名著。素晴らしい日本語たればこそ。女性作家だった。時代が代わり禁断の書になったが、江戸の本居宣長がこの本を使って『古事記』を読んでから解禁になる。

「敷島の大和心を人問はば朝日に匂ふ山桜花」

本居宣長の歌。この歌から取った「敷島」「大和」「朝日」「山桜」という四つのタバコの銘柄が昔あった。

宣長は大和心という言葉を朝日に匂う山桜花に例えた。そして自分の墓には盛り土をして山桜を植えろと指示する。遺言状には自筆の絵が添えられていて、一本の人の背丈ほどの山桜が描かれていた。

桜花が咲く頃には薄紅、淡雪、藤紫のすみれの花が樹下を彩った。花言葉は誠実、花が散ったあとの密生した緑の葉っぱにも存在感がある。一ヶ月後に二センチくらいのさやを何個か付け、ぎっしり詰まった栗粒大の黒い種が割れた殻から落ちて運があれば風に飛んでいくが、それからも葉っぱは黄変しながら一夏中枯れずに残る。

言語の成熟。明治時代に西洋文明の主要言語の持つ抽象力を逐一新漢字に直した。法律用語も、和製英語もそう。いまの日本語、その語彙は巨大で英語を凌駕《りょうが》した。すでに国際語には程遠い中国本土の古い漢字の数倍にもなる。

世界の大半の研究者は英語で考えて論文を書く。その発想をもっと広げるのが自国語で、生まれ育った言葉と付け焼き刃の英語の関係がそうさせる。そうなると自国語の優劣が勝敗を決める。中国大陸と日本列島の言語の持つ抽象力の違いがノーベル賞の数を分けた。

新漢字は日本と台湾で同じ。これが根拠だ。

荘子は夢を使う。貧弱な漢字に夢を語らせてアニミズムをみごとに文書化した。素晴らしい。だけどそこまで。

三

亡妻歌を一つ。

「秋山が黄葉を憐び浦触れて入りにし妹は待てど来まさず」（1409番）

「秋山の黄葉《もみち》あはれとうらぶれて入りにし妹《いも》は待てど来まさず」

山は墓と同じ。入りにし妹は妻の死。待てどは秋山のもみじの向こうから生き返って下りてこないかなあ。

参考までに、白川静は存在の存は時間、在は空間とした。ならばこういうことだろう。存在は土の上に子（人）が遊ぶ。死ぬと埋められて人は存在しなくなる。秋山に死は存在しなかった。こういう詠み方に死んだ妻への愛情を感じる。夏山の青葉ではこうはいかぬ。

好きな俳句を二つ。

「しづけさは死ぬるばかりの水がながれて」（山頭火）

山頭火は托鉢《たくはつ》した地域の木賃宿に泊まって、もらったお金を全部呑んで酔い潰れた。大根とか茄子をもらうか買って宿に持ち込み、薪代（木賃）を払って料理してもらう。そうでないときは素泊まりになる。

自炊で長期逗留もできた。林芙美子の場合がそう。母が作った弁当にはご飯と、甘辛くさっと煮た竹輪が入っていた。あんぱんだったか、何円均一の扇子だったか、学生の猿股だったかの売り歩き。だけど彼女は尾道で女学校を卒業させてもらった。竹輪料理、やってみるとこれがうまい。飯にも酒にも合う。

「旅に病んで夢は枯野をかけめぐる」（松尾芭蕉）

彼の草庵は隅田川の左岸、川が合流してくるところにあった。復元されたそこへは何度か足を運んだ。その辺りの水は飲めない。水売りの船が頼りだ。訪ねてくる人もあまりなく室内もあっけらかんなら三和土《たたき》に続く庭もそうで、生活水が溜まっている。蛙が浮かんでいた。

四

文明が内海を持つ有利さは無視できない。地中海は光の海、灼熱の海のイメージ。いっときだが地中海はイスラムのものになる。そのときスペインのバルセロナに米作とパエリアが持ち込まれた。

海岸のエビ、貝、裏庭に放し飼いの鶏の肉。ありあわせのそれらと米の料理。同じ具で米と水の量を一対一にすれば日本の炊き込みご飯。一対二にして蓋をせず、大きなフライパンに焦げ付かせたらパエリアになる。高価なサフランがなかったらターメリック（別名うこん）でもいい。同じ色が出る。

味付けは塩だけ。米の混ぜ飯、庶民の料理だ。粘りを嫌って米は洗わない。それは日本でも同じで、料理屋によっては蛇口を開けるだけ。

フランスにはスペインのお手伝いさんが多い。ともにカトリック。

フランスのアルルという地中海に面した港町は胡散臭い貧乏な人たちの吹き溜まりだったが陽光が素晴らしい。

馴染みの遊女は御多分に洩れず梅毒だった。

ゴッホが入り口の部屋、ゴーギャンが奥の部屋、二人の共同生活も既に二ヶ月、我慢の限界で事件は起こる。

喧嘩をしてゴーギャンが部屋を飛び出す。そんなことからゴッホの狂気が始まった。たぶん癲癇《てんかん》の予兆が引き金となった発狂がゴッホをその興奮の赴くままに走らせた。後ろからの人の気配にゴーギャンが振り向くと、狂ったゴッホが剃刀を振りかざして飛びかかってくる。ゾーリンゲンはよく切れる。

「追っかけてきやがったか」

大きなゴーギャンが小さなゴッホを睨み付けた。大は小を制す。

引き返すなりゴッホは絶叫を上げて己が耳を切り捨て、それを遊女のところへ持っていく。ひどい。接客から戻って封を開けた彼女の気持ちは如何程か。これが原因でのちに発狂した。

初めての癲癇の大発作。脳梅毒がゴッホの側頭葉を刺激して癲癇を起こした。

ゴーギャンが帰ってきた。人だかり。床を見ると血を拭いたタオルが二枚落ちていた。ゴッホはベッドに寝かされて動かない。

「死んでいるのかな」

そんな気がして触ったからだは冷たくなかった。

「ゴーギャンとの諍いがその主因ではなかろう。内耳に病気があったらしいぞ。それで気がふれたんだ」

人は何とでも言いますよ、だけどゴッホもゴーギャンも梅毒はアルルが初めてじゃない。

四

ゴッホは精神病院に隔離される。ゴーギャンはタヒチへ向かった。妻子を残しての一人暮らし、タヒチに行くときには妻に三下り半を突き付けられた。南の島の絵も全く売れなかった。地の果てまで来てこの体たらく。砒素を大量に飲みすぎたようで死ねなかった。苦しみもがくだけの骨折り損。服毒自殺に失敗して後遺症が背中の痛みとして残る。

タヒチを統治する白人たちともそりが合わないから島を渡り歩く、そんな生活。客死。ベッドから片足をぶらんと垂らした状態で死んでいた。

ゴッホは弟の仕送りで絵を描いていた。入院中も正気に戻ったら描いた。ひまわり、糸杉の空、熟れた麦畑が主な題材。ゴッホといえば黄色、傑作はこの時期に生まれた。

パリの弟夫妻の家には膨大な彼の絵のストック。一枚も売れていない、これじゃあ職業画家は失格。

この兄弟は若死にする。ゴッホはピストル自殺、弟も脳梅毒で翌年にあとを追う。

ルノワールはゴッホの絵を見て、

「恋しい人を愛撫するような具合に絵筆で可愛がられていない」

と言った。

ゴッホの荒いスピード感のある筆使いは日本の浮世絵、特に錦絵と呼ばれる多色刷り版画に影響を受けていた。

最高レベルの版画に一本の絵筆で挑戦したのだからこういう風になった。そうでもしないと色が出ないし線も引けない。

江戸前期の僧侶、円空の仏像、その荒いスピード感のある鑿《のみ》使いがこれに当たる。目標は一二万体、残存は二五〇〇体、どれ一つとっても仏の慈悲が滲み出ていないものはない。


一般に、地中海が海水で満杯になるためには、二〇〇〇年かかるといわれている。大西洋から流れ込んだ低塩分の軽い海水は蒸発を続け、高塩分の重たい深層水になって逆流し、東西循環が始まる。水位はゆるい西高東低、地中海に入った海水の滞留時間は一〇〇年、気が遠くなるようなゆっくりさ、でも循環は循環。大西洋に出てもこの深層水はなかなか散逸しない。地中海の全長分、三〇〇〇キロも跡を辿れるという。

いまや人口爆発で沿岸人口は四億人、これでは地中海の清浄化に明日はない。

瀬戸内海と大違いだ。同じ多島海としてその美しさで、地中海と並び称される内海《うちうみ》、瀬戸内海だが、両者の決定的な違いは海流にあった。

沿岸人口三〇〇〇万人の栄養に富んだ豊饒の海、瀬戸内海は黒潮によっていつもクリーンに保たれている。

黒潮はその流量でアマゾン川の三〇〇倍、人の歩くスピードで流れてくる。透明な青黒色、貧栄養で、プランクトンの濁りがない。ところが豊後水道から入って、紀伊水道へ出ていく中央構造線に乗っかった黒潮に限っては、大陸棚を掠めてきた分、栄養を蓄えて瀬戸内海の豊饒に与《あずか》っていた。明石海峡の流速は時速一三キロ。鳴門海峡の流速は時速二〇キロ。片や蒸発量の違いで生じた海面の高低差による外海からの流入、片や黒潮のダイレクトな流入、地中海と瀬戸内海では海を動かす原動力が竹とんぼとヘリコプターほどにも違っていた。

豊後水道、徳島の吉野川、紀伊水道。和歌山の紀ノ川、三重の櫛田川は地図を東西に一本線で辿る大断層（中央構造線）だ。それが伊勢湾の先で天竜川に出会ってからは北上し、南北の一本線となって水源の諏訪湖までトレースされた。天竜川はダミー。本物はその横の南アルプスの中を走る国道一五二号に沿う谷川だ。島国日本の中央構造線は全長七〇〇〇キロの世界の大地溝帯の七分の一。凄い。

アラビア海、この熱帯の海に浮かぶソコトラ群島、インド洋のガラパゴスといってもいい。例えば竜血樹、そこには宇宙的で多種多様な見慣れない植物が生えている。薄気味の悪いこの群島の西には紅海があった。

紅海は地球の裂け目、いまも生きている大地溝帯にインド洋の海水が入ったもので、危なっかしい。水深があり、海底火山でできた島嶼群が点在し、川がなくて半分が熱帯で気温が高いので、透明度と塩分濃度が高く、そういう環境に見合った多くの固有種がいた。

最大幅三五〇キロ、延長二二〇〇キロ、最深部は優に二〇〇〇メートルを越えていた。

砂漠の真ん中にそんなにも水深のある溝が横たわっているなんて信じられない。もうちょっと裂けていたら地中海と繋がってスエズ運河はいらなかった。

地中海は大地溝帯ではない。

シナイ半島の死海と紅海からマダガスカル島手前のモザンビークまでの七〇〇〇キロがそう。ランドマークはエチオピア高原、ケニア山、キリマンジャロ山、ビクトリア湖。

紅海を横切る北回帰線の内側、熱帯のサウジアラビア沿岸にメッカがある。

そこに隕石が落ちた。イスラム教の聖地になる。カアバ神殿の東壁に埋められた直径三〇センチの黒石がそう。一九億人のイスラム教徒が触ったり頬ずりしたりする。ユダヤ教徒一五〇〇万人。キリスト教徒二三億人。ヒンドゥー教徒一一億人。仏教徒五億人。

五

熊の平小屋のテラスで日光浴をした。パンケーキがあった。カナダから来た女性の手作りとか。アルバイトかな?

それでも午後一時には出発して、塩見岳を見上げるお花畑の水場でテントを張った。水がうまい。

霧が樹林の東から湧いて絶壁の西へ落ちていく。崖の途中に引っかかって、一輪のチューリップのような花が咲いていた。黄色い。高山植物にこんなのあったっけ。ニッコウキスゲでもないし。それも霧に呑まれた。

テントは焚き火を始めた男との二張り。

「ガソリンをこぼしてしまってご飯が炊けないので見逃してくれ」

という。どうも嘘っぽい。焚き火禁止はそう古いことではない。

夜は晴れて、風もない。ウイスキーを互いに持ち出して少し話し込んだ。ブックの情報は前年のだ。エスケープルートの今年の倒木情報は現地で集めるしかない。

「塩見岳から南に伸びる尾根に蝙蝠岳《こうもりだけ》がある。ロープがあれば大井川の源頭に簡単に下りられるし、何キロか先には車が来ているらしい」

明日そこへ行ってみようということになった。

面白い雑談。きのこ雲について。マグネシウム爆弾。「マグダン」という。爆風爆弾で、摂氏二〇〇〇度の火の玉から巨大なきのこ雲が生まれる。上空へ押し上げた空気の通路はスピードが出るから地上で反射した空気が上空で追い付いてきのこ雲になる。原爆と勘違いする、そこがみそ。雲雀《ひばり》の飛ぶ高さで爆発させた。

どのくらい眠ったのかテン場《ば》使用料を取りに来たという。熊の平小屋の管轄らしい。そういう口ぶりだったけれどもどうも胡散臭かったので、テントを閉めて知らんぷりをした。そんな奴が出没していると聞いたことがある。隣のテントも払う気はないらしい。登山靴が小石を掻き分ける音を残して遠ざかっていく。

ラジオで聞いていた高校野球もすでに優勝校が決まっていた。盆休みもそろそろ終わりの南アルプスに、こんな中途半端なところで泊まるような暇人はいない。一気に塩見岳を登って向こう側の塩見小屋でストップするか、そこからはプロムナードなので、勢いをかって三伏峠まで行ってもいい。翌日はそこで下りるか、裏に回って荒川三山から大井川の二軒小屋ロッヂへ下りる。あるいは赤石岳、聖岳、茶臼岳まで足を伸ばして、二軒小屋ロッヂから二〇キロ下流の畑薙第一ダムへ下り立つこともできた。

もう日が上がっていた。シナノキンバイ、ハクサンイチゲは分かった。道の両側に覆いかぶさるお花畑の朝露にズボンをぐっしょり濡らしながら塩見岳へのガレ場に出ると、そこからはジグザグの急登が頂上まで続いている。

「カメラは素人なもんで」

と謙遜する大男が立ったままで休憩していた。背中いっぱいに機材を背負っているのでうまくすれ違わないと、触れたらその勢いでこちらが転落してしまう。そんな急坂だった。塩見岳の山頂のこっち側が怖かったらしい。北岳から下りるという。

「もうそんなところはないだろうな」

心配そうなその口調には、どうやら本気が滲み出ていた。

「その荷物だと北岳東側の絶壁のトラバースから八本歯のコル方面に抜けるのは危ないから、素直に山頂からの尾根道を下りたらどうだろうか」

とでも言っておいたら良かったのか。

山頂手前の恐ろしいところの向こうに蝙蝠岳への尾根があった。

これが蝙蝠岳との出会いだった。それからは南アルプスといったら蝙蝠岳ということになる。

蝙蝠岳の尾根を下りながら適当に沢を選んで大井川の源頭に出る。そこから八キロ下流に二軒小屋ロッヂがあった。

バスが畑薙第一ダムまで出ているが、晴れていてもよく不通になった。そのときは歩く。畑薙第一ダムから静岡までのバスの便も不安定で、携帯電話のなかった頃の話だから、ダムの公衆電話からタクシーを何回呼んだことか。もちろんぎゅーぎゅーの相乗りだ。

蝙蝠岳には三伏峠から登って塩見小屋の横で幕営し、翌朝、塩見岳から入る。大阪から土日で源頭のイワナ釣りができる。魚止めの滝から下は尺クラスのイワナが入れ食いだ。肘から手首までが一尺。ここのイワナはうまい。エサがいいんだろう。

五〇メートルのロープは必須だった。ある時、連続して滝を下りているうちにうっかりロープを落としてしまった。両側は絶壁だし、いま下りてきた滝は素手では上れない。閉じ込められてしまう。

日も当たらない。焚き火の煙なんてたかが知れている。石を並べた救難信号もスペース的に無理。見つけてもらえない。こんな滝ばかりの沢を下りようかという酔狂なアルピニストはいないし、大井川からここまでイワナを釣り上がってくる漁師もいない。沢登りの人気ルートでもなかった。

もうお終い。厳冬季まで生きて、アイゼンの代用品を作って履き、二本のナイフで凍り付いた滝を降りて、ロープを回収するしか生き残る道はない。

一ヶ月間の断食をこれまでに三回したことがある。最初の五日間を我慢したら食欲がなくなる。この日数は禁煙にも有効だった。五日間で中毒から抜け出せる。食事も一つの中毒と見ていい。中毒が抜けても癖はなかなか消えない。退屈もやってくる。いまは夏、滝の凍結は半年後。その前半三ヶ月間の断食は初めてだが、空腹感に悩まされることはまずないはず。夏服でいつ頃まで寒さに耐えることができるのかは分からない。大丈夫。

火には癒される。きょうは焚き火をケチらないでおこう。頭を何かに没頭させる。

滝の音がふっと意識から消えた。併せてからだの出す雑音も消える。

さて、長い間滝に閉じ込められていたのが思いもかけない大雨で生還できた。

狭い谷の水位が五メートルも上がる。

これを見切って、流れに身をまかせるとうまく滝壺に落ちることができた。ロープを回収する。追っ付けごろた石も流れてくるんだろうが、まだ大丈夫だ。


もう一つの脱出劇もあった。

赤山鳥。日本の固有種。カラスの大きさで雄は尻尾が二メートルに達した。この鳥を博多の山間部で見かけたが、猛スピードで木立を縫って飛んでいった。

里山の平凡な森にいる非凡な真っ赤な鳥は滅多に出現しない。週刊誌の写真では猟師の自宅に剥製が飾られていた。

赤山鳥には雌雄が峰を隔てて寝る、ひとり寝の習性があるという。

これに似た赤いカラスがやって来るようになった。

焚き火の薪になる流木も掘り尽くした。夏着なのでとても寒い。

その夜の夢で源氏車、貴人の乗る牛車に轢かれた。夢の中では六歳だった。

「どうする？　連れていこうか」

「この歳だから覚えちゃいないさ、大丈夫だ」

その声に必死であらがって、朱塗りの車輪から這い出そうとした。焼きばめ、焼いて膨張させた鉄輪を木の車輪にはめて冷やし、ぎゅっと締め付けた木部の焦げ跡が、鮮やかな朱に透けて、黒ずんで見えた。この朱の車輪があと五センチも動けば抜け出せなくなる。鼻を鉄輪に擦り付けているのでナイフを研いだときのヘモグロビン、鉄が放つ血の匂いがつんと差し込んできて、もう駄目かと思ったときに、何かの弾みでごろんと車輪の外側に転がり出た。

赤いカラスの仕業だった。

「どっちみち死ぬんだから食ってあげましょうね、あなたの夢を」

赤いカラスの夢と共振した。目の前の車輪がカラカラと空回りしている。それには幻術の効果でもあるのか、小さく縮むと灼熱の真っ赤な車輪になって胃の中に転がりこんできた。そして気が付くとこんどは逆にそれに呑み込まれていた。

絶壁の赤いカラスの巣の上で目覚めた。巣が小さすぎてちょんと乗っかっているというか引っかかっているだけ、もうどうでもいいと思った。

巣を蹴って飛び降りる。滑空、両腕は見事な翼になっていた。全く体力がない。早くどこかに着地したいのだが、その後のことも考えておかなければならない。営業中のゴルフ場があった。誰もいないところに舞い降りる。

何とかゴルファー用の風呂場に入り込めた。伸びた髪の毛を後ろに束ねて、お金はあったからゴルフウエアを買って身支度をすると食堂に行く。

サインでなく現金でも何とかなった。フロントに頼んでタクシーを呼んでもらう。

海進の始まった日本海に琵琶湖の半分もある島嶼型UFOがやってきて大和堆の真ん中に着水した。生きている。蓬莱という。

寝ているときは「きりこ」という少女が、起きているときは「きこり」という少年が蓬莱の化身になる。一人二役で、きこりの夢の中のからだがきりこだ。男が女になった。

きりこが夢で猫を拾ってきた。夢の飛行は時をまたぐ。火星に行ってきたらしい。ペルシア猫。といっても、ふんわりと虹色に輝く金属製の柔らかい体毛に包まれた、人語を話し、喜怒哀楽があって夢も見ることができるロボット猫だ。体毛で光発電をする。名前はキャンデー。彼女は宇宙の壮大なパノラマを夢に見ていた。

太陽系の一番外側にあるオールトの雲は惑星の墓場でじっとしていない。何かの拍子ですぐ暴走した。

太陽の九パーセントの質量を持つ恒星レッドが突っ込んできた。オールトの雲が湧き立って三〇〇の彗星が飛び出した。

恒星が動く、そんなこともあるんだ。彗星群、その本体が地球の夜空を煌々と覆って通り過ぎていく。

「大変だ。太陽の球体が歪んだぞ」

恐ろしい光景になってきた。太陽に群がり落ちる先発の彗星たちの発光が太陽を歪めて見せていた。

恒星レッドは地球にぶつかって飲み込んだあと、火星を衛星にして太陽系を出ていった。地球上の人類と神々は一瞬にして消滅する。ヒューマニズムなんて何の足しにもなりゃしない。

火星には一五〇〇名の囚人がいた。知能犯。ある特定の遺伝子を単離するクローニング技術の進歩は、一人の人間から男と女のクローンを作り分けるのを許していたから、ガイア火星流刑地の現有人数を以てすれば、爆発的な繁殖はできるにしても、残念なことに世代交代を重ねていくのに耐え得る基地の造りではなかった。

まだ流刑地は機能し、生きていたが、太陽系の時間が終わって、その時間軸を流れていた空間だけが取り残された格好だから、

「三次元宇宙はどんどん崩壊している」

というふうに映る。

今更、恒星レッドの周りを公転している火星の自転から時間軸を再生してもしょうがない。牢名主が切り出した。

「夢の世界へ旅立とう。たくさんのときが混在する万華鏡、そこで生きてみてはどうだろうか？　死者の魂の海を彷彿とさせるキャンデーの夢の中へ」

人類に対しては宇宙が閉じた。でもこれは新しい宇宙の始まりでもある。すでに地球もここで新しく生まれ変わって彼女の人生を謳歌し始めているのだから。

真っ赤な砂漠に一匹で立つと、「さよなら」と書いた。

「さてこれからどうするべえ」

と独り言つキャンデー。

そこにきりこがやって来た。素晴らしいコンピューターとの出会いだ。

赤いカラスときりこは友人だった。きりこが夢にやって来た。

「一緒に遊びに行かない？」

連れていかれたのは山桜が満開の谷だった。

「大谷っていうの」

水辺にはイタドリが生えている。食べ頃のがこっちに三本あっちにもとタイミングがいい。

一五センチ落ち葉を掻き分けると白い付け根が出てきた。朱の斑点が食欲をそそる。皮は弾けるようにむけて水分が飛び散った。塩をかけてサクサクと食べる。おいしい。根っこのところにみみずがいた。魚の餌になる。

水中の魚は地上の音に敏感だ。特に人の足音に。動物と違って二足歩行だからだろうか。影が水面に映らないように、物音が絶対しないように、息の乱れを感付かれないように、とまあそんなところにも気を使ってたくさんの大きな岩の上を這うように伝いながら魚のいそうなところに近付いて、手に持った小枝から釣り糸を垂れると、すぐに尺イワナが釣れた。

続けて四匹。イワナにはこんな鈍感なところがある。ヤマメでは続けては無理。

木の下で焚き火をすると葉っぱが煙を吸い込んでくれる。谷でこそやっている分には都合がいい。

魚を捌くナイフワークはお手のものだ。イワナの方がヤマメより脂が乗っていておいしい。遠火で炙っていては時間がいくらあっても足りないんで、石を三個置いたかまどに平らな石を乗せてそれを焼き板にする。片側が焼けたらひっくり返して塩をふり箸を付ける。食べ終わる頃には片側も焼けているといった塩梅だ。

春の日だまりのぽくぽくの谷地《やち》は性的だ。そんなところがあっちにもこっちにもできる。

山菜採りのおばさんがこんな淫らな場所に出くわした。性欲は不意にやって来る渾然一体、そんなときは、

「きれいな花だなや、もう満開！」

と山桜を褒める。これで人はしゃんとなる。山桜がなかったらどうするの？　そんな心配は不要。そういうところには探さなくても山桜の一本や二本はあるもんだ。そのための山桜なんだから。

日だまりに横になった。きりこと子犬のじゃれ合いみたいなことをしながら少し眠ったかな。

天気雨に狐の嫁入りがやって来た。きりこにはバツが悪いのだがやって来る角隠しの花嫁は〈きく〉だった。

〈きく〉は旅行先で死に別れた妻で脳出血。

いまは無きひらかた大菊人形は京阪電車を下りるとその匂いで溢れていた。

「目は覚える。鼻は忘れる」

とは京都の鮨屋の女将の言葉だが、いまとなっては咲き乱れる菊花は思い出せても、そのときの匂いは漂ってこない。だけど面白いことに何らかの香りの気配は思い出せる。そういうふうなものが〈きく〉にはあった。特に顎の辺り、そこから匂ってくる気がする。

祝言が始まった。白い小袖に緋袴《ひばかま》の四人の巫女《みこ》たちが緑の黒髪も艶やかに巫女鈴を鳴らして舞った。

「酒を飲め」

「おささをどんぞ」

と羽織袴の男衆と手伝いの女衆に勧められて酔っ払った。脇に〈きく〉が寄り添ってくる。

それを合図に巫女たちが近寄ってきて羽織っていた白絹の千早《ちはや》を脱ぎ、ふわりと新郎新婦の上に覆いかけてくれた。

二人はこれで世間と隔離されていよいよ昼間の初夜の契り、勝手知ったる妻のからだ、だけど腰が生温かいのは初めての感覚。どうもおかしい。

射精しそうになってよく見ると組み敷いているのはきりこだった。もう止められない。白濁したものが出ていくのが感じで分かる。たぶん手のひらに溢れるくらいも。腕枕にきりこ。

天気雨はもう止んでいた。先でごうごうと音がしている。

滝を鎖を伝って降りると、水しぶきがけぶって、隠花植物がツンと冷たく匂ってくる。亀の格好をした巨岩が滝と向かい合っていた。亀岩と亀滝。両岸へは鎖で上れる。見上げるとかずら橋。先は瀞だ。

大粒の雨、先の天気雨は爆弾低気圧の走りだったようで、ぽつぽつ来ていたのが本降りになった。

「ピカ」に続いて、「ドン」。春雷だ。ところで、「ピカドン」といえばいまや原爆の代名詞になった。

「ヒロシマ上空にやって来ると生き物の死、膿んだような猛烈な臭さで息が詰まった」

偵察機の操縦士の話だ。直接耳にした。

土砂降りの雨。朽ちた木っ端、腐った落ち葉が先陣を切って流れてきた。

ここで間違った。鎖に逃げないで楽な方へ、亀岩へ上った。

あっという間に水位が上がると西瓜くらいのごろた石が茶色の暗い濁流の中に押し出されて、そのぶつかりあう音と水中の火花の凄いこと。

湧き立つ滝壺に弾んだそれはきりこといる亀岩に衝突してきたし、周囲にも落ちてくる。

大雨については四六時中気を付けておく必要があった。注意すべきは、台風は別格として真夏の夕立と梅雨時の集中豪雨、春と秋の爆弾低気圧。

五

亀岩には過去の鉄砲水の跡が残っている。そこから上には苔類に混じって小さな灌木も生えていた。だけどそれは、いままではそうだったということ。

瀞にお尻を向けて腹ばいになっていた。横にいたきりこはどこかへ行ってしまってもういない。雨脚は弱まらない。汚く濁って泡立つ水が湧き上がっては落ちていく。

「揺れた！」

死の予感が丹田からどすんと上がってくると、

「しゃー」と下痢便が太ももを打った。続いて腹の鈍痛がたくさんの熱湯、尿を絞り出す。これらは理性を守るための生体反応だろう。理性と正気は同じ、肝っ玉が縮み上がるというときの肝っ玉も理性と同じ。理性は何かあるとすぐに縮む。その度合いによって気を失ったり、発狂したり、死んでしまうときもある。世間でいうショック死だ。

頭の中が恐怖で赤く発熱した。目で息を呑んだ。そして吐いた。胃の痙攣の波がぐうっと何回も盛り上がってくる。さっき食べた魚片が鼻に入って、目頭が痛い。

「女の裸、ストリップ劇場に連れて行ってやる。音楽は見るもんや」

と人生の先輩が言って、連れて行ってくれた。そういうこともあったな。どうも見るということは心のひだと関係しているようだ。

はて、夢はそこまでだった。情景から音が消えて、目が覚めると、どこかの体育館のマットの上にいた。

夢の移動にもそろそろ慣れてきた。キャンデーがきりこに懐いて、一緒にやって来るようになった。

大谷にはヤマカガシがたくさんいた。毒（マムシの三倍）を持っているから噛まれたらいちころ。

最初は怖くてびくついていたのが、ころころしていておいしそうに思ってからは、見つけるとすぐに皮を剥いて焼いて食べる。

きりこにこの蛇の乾燥粉末をもらった。塩入れと粉入れ。山桜の若枝の両端を輪切りにして、水気のある桜皮をナイフの背で満遍なく擦っているとスポッと皮が抜ける。皮の抜けた生木から中間を切り捨てた残りを、すなわち蓋にする部分と底の部分を皮に戻して乾燥させて容器にした。

梅雨の頃になると、サンショウウオの六センチくらいの子供が何日間か湧いてきた。谷に落ちてくる沢。かずらのかごで受けて待っていると一回で何匹も入った。遠火でゆっくり焼く。

冬はうずらだ。弾力のある地上付近の生木に糸と木切れでリスが遊べるくらいのブランコを作っておいて、座る部分を地面に固定した枯れ枝の下から潜らせて持ち上げると生木の弾力が働くから、離すと座る部分がばちんと音を立てて枯れ枝にぶつかる。その向こう側に熟し柿とかのうずらの餌を置いておけば、かかれば即死だ。

場所選びと、餌の選択と置き方、触れれば落ちる罠のカモフラージュにはコツがある。

この鳥の丸焼きには魚類とは一線を画する滋味が感じられた。

六

貧乏で子供のいない老人が近くに住んでいた。その人は戦争に負けて外地から引き揚げる途中で犯されて狂ってしまった奥さんの面倒をずっと見ている。いつの間にか食べ終わった皿をぺろぺろと舐めて返すようになってしまった。だけど、悲劇の生活の中にも温かさのあるちっちゃなご夫婦。

件《くだん》の老人はもうほとんど視力が無くなっていたが、

「懐かしいんで、いいかな」

近寄ってくると自転車を奪ってよたよたと押し進め、

「パーピー」

と奇声を上げてひらりと飛び乗った。急ハンドルを切りながらつま先でペダルを漕いでいる。夕立の砂溜まりで追い付いた。

「昔はこれに乗って通勤してたんや、まだまだいける」

笑顔が返ってきた。太陽がかげってサッと夏風が通り抜けた。草の香り、そこにはカヤツリグサ、エノコログサ、メヒシバなどの夏草が生えていた。

その頃癲癇の少年とその家族が引っ越してきた。

「癲癇のときってどんなの？」

と聞いても笑っているだけ、風呂上がりのときのような上気した熱気のある顔、そのこめかみの擦り傷に手をやって。どうもそのときの傷がまだ治っていないらしい。


スピンを経験した。ゆっくりゆっくりと車が回って、いろんな選択肢が見えてくる。スピード感が全くない。

そのとき、一つだけはっきりしていたのは、「どれを選んでもいいけど一回きりで、やり直しは無しだよ」

ということだった。

赤土の崖の上に若草色のウラジロシダが生えていた。いままで走行してきた路面は早朝の雨に濡れて光っていた。谷側には杉林があって、一回りしたところでハンドルに力が入った。

タイヤのグリップ感とともに普通の時間も戻ってくる。

「対向車、来るなよ」

スピンから立ち直るための蛇行運転中は冷や汗ものだ。停車スペースが全くない。仕方なくそのまま走り続けるうちに緊張も取れて平常心が戻ってくる。

ところが、からだの反応は一二時間後に現れた。床に就いた途端に胃痙攣が始まって、その辛いこと。救急車で病院に運ばれた。

昼間は九組のゴルフの幹事役。何ともなかった。時間ってひだひだの重層構造なんだ。

オーロラの撮影をしていたときのこと。トナカイが近付いてきた。現地の保安官によると、

「撃ってもいい」

大口径リボルバーの入ったガンベルトが転がっていた。巨大な灰色熊、グリズリーの猛スピードの突進を一発で食い止めてひっくり返すことができるパワーがある。時速七〇キロにもなるそれをだ。

摂氏マイナス四〇度、この温度では素手で鉄を触ると貼り付いて剥がせなくなる。何とか近付いてこめかみに銃口を当てながら撃った。

こんな夢みたいなことができたのにはわけがあった。その獲物の体内は蛆だらけで、死にかけていた。そうでなかったら後ろも見えて隙のないトナカイなんかに近寄れるはずがない。

登山家の植村直己も体験した。なるほどそうや。そのとおり。そやけどよくもまああたった一人でこんな気持の悪い蛆に耐えられたもんだ。

そういえばこういうことがあった。厳冬期の和歌山の山村を歩いているとき軒先に吊るした鹿の片足を見かけた。「熟成兼虫落としや」という返事だった。

肩ロースには蛆がいなかった。

「トナカイをしとめて食べたんだ」

だけど本当にそうしていないとそのうち良心の呵責《かしゃく》に堪え切れなくなる。証拠写真を見せながら、

「野生動物やから、そら蛆もいるやろ」

と嘯く。そんな欲望に駆られての悲劇だった。よく火を通したつもり（六分間必要）で食べたのだが、やっぱりみんなのからだに蛆が湧いてしまった。腕の皮の下でもぞもぞ動き回っている。

「まさか血管の中を大移動しないだろうな。目に入ったら失明だ。脳に入ったら死ぬ」

恐怖で逃げ出した。

診察してみたら蛆の痕跡すらなかった。ちっぽけな理性が機能不全に陥って脳が暴走したのだろうか。よく分からない。

人の脳は本来、秩序立っておらず幻覚で溢れている。狂っているといった方がいい。だけどそれは理性側から見たらということで、理性の外側に立つと、そこには無限の知覚領域が広がっていた。理性の領域から逃れているので信じられないことが当たり前に起こる。難しいけれどもそんな生き方をした人たちもいた。モーセ、キリスト、マホメット、釈迦、荘子、役行者《えんのぎょうじゃ》。

海女《あま》が身に着ける道具には二つの魔除けが描かれる。そういう地方があった。縦横格子

目のドーマンと一筆描きの星印セーマン。脳を理性と狂気に分ける線引きは、海女にとっての海の中と外、死を背中に背負って潜る。理性は地上生活でドーマン、狂気は海中にあってセーマン。

地球には夢を叶えるパワーがあった。いまもある。海洋と夜の闇が空いていた。哺乳類の夢は壮大だ。幻覚植物を食ったのか？　海の空きには巨大なクジラを夢見た。夜の空きには空飛ぶネズミを夢見た。

氷河時代よりずっとずっと大昔の話だ。海にかつていて絶滅した三〇メートル級の恐竜、それと同寸のシロナガスクジラが現れた。闇の中にはコーモリが現れた。ピュンピュンヒラヒラ飛び回る。

小型コーモリは前肢の飛膜を広げて飛んだ。採餌行動に超音波を用いる。夜行性の昆虫や蛙の動きを反響定位して捕食する。

集団でぶら下がって眠る。おしくらまんじゅうは温かい。そんな穴はどこにだってある。神出鬼没だ。瞬く間に地球に広がった。

その他、南米の吸血コーモリは赤外線センサーを用いて体温を追っかけ、獲物に取り付いた。

山道で休憩に腰かけた。しばらくして立ち上がろうと手をついたところにマムシがいた。噛まれた。

六

後日、キャンプのテントを畳もうと持ち上げたところにもいた。この毒蛇も赤外線センサーを使う。視力はあるが弱い。ちょっと怖い体験だった。二回目はない。死ぬ。くわばら、くわばら。

この能力はニシキヘビにもある。

熱帯の飛膜二メートルの大型コーモリは大きな目を使って果実に群がった。

この伝でいうとヒト（人間）は地球に残された最後の空き、夢の中に現れている。それに気付くかどうかは本人次第だ。この事実をもって人類は哺乳類の中から一線を画した。

思うこと。そうは思わないこと。思うことは知覚を得るためのスイッチになる。

人は知覚、すなわちいろんな時間の流れに包まれて生きている。夢もそう。ということは四六時中、寝ても覚めても。知覚スイッチのオン・オフ、思うことは死ぬまで止まらない。生きるって大変や。

「一瞬は永遠」

という言葉は有名だ。

これは時間が止まりかけた一瞬だけに垣間見える静止空間のことだろう。

これを一回だけ体験したことがある。南海和歌山市駅を出て一〇分のところにある歩道橋の向こう側を上がってきたカップルが凍り付いた。車道の車もそう。びっくりしたが理屈が分からなかった。五五年経ったいまも衝撃は新鮮に残っている。

縦横高さと時間のコラボレーション。建築家は設計図書をぱらぱらとめくって、建物ができる様《さま》を思い描く。次第に立体的になる。そういうふうに時間が流れる。

これと同じことは、妄想の中にも、夢の中にも、読書中のストーリーの中にも、映画を見ているあなたにも、その画像の中にも、落語を演芸場で見ているあなたにも、その落語の中にも、そして、そのときふと思い出した別の出来事の中にも立ち現れて纏《まと》わり付いてくる。

過去は過去でなく、現在も現在でなく、未来なんてありゃしない、そこにあるのは知覚、すなわち断片的な時間の流れだけだった。

行き当たりばったり。地上の風がどう吹こうとかまうもんか。だけど近親相姦はあかん。旅人、新しい血が歩いてくる。男系も女系も関係なく女たちはその男に股を開いた。新しい血の子供は宝だ。古い血で腐った民族はすぐに死ぬ。身分制度は民族内部の血の交流を止めた。いま生き残っているのは新大陸に逃げたアングロ・サクソン文明と参勤交代で士農工商の血の壁をかき混ぜた日本文明だけだ。世界三大都市のニューヨーク、東京、ロンドンはこの二文明にある。

女系なら父無し子として母親集団が大切に育てる。男系なら一夫一婦制家族が守り育てる。

地球上で起こった民族のベクトルは女系から男系へ、語り部の世界から文字の世界へ。女系では文字があっても語り部で足りた。だけど女系と男系を繋ぐ糸はない。

六

女は一年に一人、男は一年に何人でも、生まれてくる子供の数が違う。強力な軍が立ち上がる。それまでは多くて五〇人での夜討ち、朝駆けでも五〇〇人の動員がやっと。

文化は民族のアイデンティティ、拠って立つところだ。文化の中心ができて軸運動を展開する。もちろん言葉の綾だが。これを文化圏と呼べばその継続が文明、軸運動が止まったら文明は死ぬ。人の心臓の役割と同じで一度死んだらお終い。いまのユーラシア大陸に文明はない。ヨーロッパ、インド、中国の文明が死んだ。

パキスタン、アフガン、イランにまたがる麻薬生産の黄金の三日月地帯。タイ、ミャンマー、ラオスにまたがる麻薬生産の黄金の三角地帯。ともに氷河時代からの生還者で前者はアーリア人が、後者は熱帯アジア人が牛耳っていた。

だけど文化はその地域に民族の生活がある限り生き続ける。民度も。ユダヤ人とかロマ（ジプシー）のように漂流もする。落語でいう、

「幽霊は人に付き、お化けは場所に付く」

の伝で行くとさしずめ、

「文化は人に付き、文明は場所に付く」

七

黄河はモンゴル草原から中原へ下ってくると水かさを急に増した。左岸からは草原の端の原生林の水が、右岸からも山岳地帯の水が入ってくる。

当時の黄河周辺の森は朝霧で上空との水蒸気循環を保っていた。そこへ低気圧（左に巻き上がる上昇気流）がやって来ると、簡単に竜のような積乱雲が沸き立ち、大粒の雨になる。

中原に限らず当時の大陸の年間降雨量の凄さは川に残された船引きロープで刻まれた岩を見れば一目瞭然。あっちこっちに残っている。長江にも。いまは三峡ダムで半分水没している懸棺葬の谷、そこへ流れ込んだ沢にもあった。

「ツルツルしてるかな」

触ってみた。三峡ダム完成前の話。ゆるい勾配を登っていくロープの位置の高いこと。その辺りでも溢れんばかりの水量だったんだ。

黄河の中原に乱立した男系国家の農業の主体は焼畑だった。蕎麦《そば》、小麦、ひえ、粟などの雑穀を栽培する。

原生林が燃えると、樹木が蓄えていた三大栄養素の窒素、リン酸、カリが大地に焼け落ちた。はごえ、はなごえ、ねごえと呼ばれて、それぞれが葉の肥料、花と果実の肥料、根の肥料となる。地力は五年。

誰も農地を持って施肥《せひ》を繰り返すという地味な農業なんかしたくない。国家間の戦争の影響が大きく一概には見積もれないが五〇年も経つと近くの原生林が消えた。

地力は二〇年で再生しても、一年しかもたない。これと原生林との差は比べるべくもない。しかしそれを赤ん坊が一人前の大人になる年月というふうに考えてみるとけっこう長い。そんな地力でも何とかなるんだが、二〇枚の焼畑を二〇年ごとに一回、日本でやっているように使い回しては、サイクルが閉じてしまって何だかしょぼい。

男系国家の王がそんなことに耐えられるわけがない。新しい大地を求めて遷都を繰り返した。

男系の王たちによる手荒い焼畑を尻目に、中原に先住した女系のミャーはその循環型焼畑農業を選んで定住し、歩いて通える範囲内に地力を養う目的で森に戻した多くの焼畑を持った。

畑と水田では作物の収穫倍率が違う。小麦二五倍、ジャガイモ二〇倍、米一四〇倍。桁が違った。

稲作は難しく、手探りで泥を作る。無駄なことばかり。やがてそれらが克服されると今度は水田がミャーのアキレス腱になった。

「雨水に頼った田んぼを山に作り、その頂上に住まいを建てよう。こうすると棚田が城の石垣の役割をする。盗賊を寄せ付けない」とタケル。

立方体の特徴は一辺が倍になると体積は八倍に、三倍で二七倍にと想像力が追い付かないところにある。

一辺が一メートルの立方体があって、その一辺が二〇メートルになると体積は八〇〇〇倍に、三〇メートルでは二七〇〇〇倍にも膨らむ。原生林の樹高が仮に三〇メートルあったとしてこれが広範囲に伐採されて、翌年に全ての切り株から新芽が生えてきたとしようか。春遊時の遠目には昨年と何も変わらない緑さす美しい大地だが森の厚みが二万七〇〇〇分の一にも減ってしまっては水蒸気循環は起こるべくもない。雨が降らない。稲作期に雨季が来る江南山岳地帯への憧憬、女系のミャーがいくら多勢に無勢だったとはいえ、いともやすやすと中原から弾き飛ばされたように見えたのには、やはりこのような背景があった。

黄河の原生林は破壊されて復元はなかった。この川は一生のピークを終えた。


中国国営放送の歴史ドキュメントで、そういう沢が上から見下ろす格好で紹介された。SARSの大流行で国民が自宅に閉じ込められたときの特別再放送。主人公は孔子の高弟、顔回《がんかい》の末裔かもしれないという書道に優れた唐の武将、顔真卿《がんしんけい》。彼の反乱軍に対するよもやの一族郎党を挙げての反撃の話だった。

沢の上流の杣道《そまみち》を馬を引いて歩き詰めで回り込み背後から打って出た。ほとんどが討ち死にした。これが時局を捻じ曲げる。素晴らしい武勲に、ときの天子は喜びもせず、

「嘘をつけ。そんな忠臣、いるわけがない」

とその頃はそういうご時世でもあった。傭兵が主流の時代なのに、馬に鞭打って敵に向かう進撃の一族郎党。土煙をバックから捉えたナイスショット、それに次回再放送の字幕が覆いかぶさる。

『春望』

国破山河在

城春草木深

感時花濺涙

恨別鳥驚心

烽火連三月

家書抵万金

白頭掻更短

渾欲不勝簪

国破れて山河あり、顔真卿が戦った頃の唐の都、長安（西安）、そのうらぶれた姿を杜《と》甫《ほ》が詠んだ。「うら」は「心」。同時代人には杜甫が憧れていた李《り》白《はく》がいる。杜甫は反乱軍に幽閉され、李白は鎮圧後に反乱に加担したとして逮捕される。

七

空海と最澄が遣唐使に派遣された。唐が滅びる。異文明にやられたわけではない。中国文明は、次の文化の中心を求めてさまようが再生できずじまい。一巻の終わり。

たくさんの石碑が一箇所に集められる。「西安碑林」という。現地では、野ざらしの碑林に、博物館が併設されていた。業者が直接碑文に朱墨を付けて拓本を取っている。手際がいい。だけど、売れ筋の碑文は朱墨に汚されてなんとも痛々しい。いまは禁止された。顔真卿の楷書の代表作『顔氏家廟碑』もあった。

書には筆の穂先を外に出す露鋒《ろほう》と内にしまい込む蔵鋒《ぞうほう》がある。

書体は古いのが印鑑などに使われる蔵鋒の篆書《てんしょ》、複雑なそれを簡単にした蔵鋒の隷書《れいしょ》はお寺などでよく見かける。その次に来るのが行書で楷書が最後。楷書があってそれを崩したのが行書だとばかり思っていた。面白い。

楷書については露鋒が先で、王羲之《おうぎし》の露鋒は筆先のあしらいが自在で八方露鋒と呼ばれた。蔵鋒は顔真卿が完成させた。これをもって中国文明の漢字文化はピークに達する。

日本の書家、榊莫山によると弘法大師（空海）は顔真卿の楷書を好んだという。個人的には臨書経験は露鋒だけ。蔵鋒は性に合わない。

「いつもは二頭立てだが、今回は六頭立てにする。一輌当たりの馬力数を三倍に上げて敵戦車隊を突き破る。先頭の二頭には鎧《よろい》を着けろ。鞍は全馬に着けておくこと。戦車のお立ち台は御者を中心に三人用だが今回は戦車の上からの立ち回りはしないので、ぎゅうぎゅう詰めで六人乗るんだ。まっすぐ走るだけだから、右折左折の指示を出す太鼓係は置かない。途中で一頭でも馬が死んだ戦車はストップして流れの最後尾で戦車を捨て、乗馬してついてくること。戦車の後ろに普通は横四人縦一八人、合計七二人の軽装歩兵を付けるが、二四人にすると一輌当たり三〇人。戦車一五輌で四五〇人が必要だ。女子供を入れた総勢は一〇〇〇人。五五〇人はここに残り、盾と槍衾《やりぶすま》で鉄壁の防御陣形を取れ。敵の中央を突破した歩兵も来し方を振り向いて同じように盾と槍衾でうずくまり、そのまま休憩に入って敵がやって来るのを待て。六名の戦車乗員は直ちに解き放った馬にまたがって反転し、小隊としてまとまって、蹴散らしてきた敵軍の掃討戦に移る。全ての戦車を乗り捨てるという今回の戦術には前例がないから敵の度肝を抜くはずだ。黄河へ追い落とす」

一〇・二一新宿騒乱。野次馬も含めて二万人。学生ヘルメットのうねるデモ隊が三〇〇〇人の機動隊に突っ込む。駅を乗っ取った。がんじがらめの映像から全共闘五〇〇人分の厚みを切り取って目を閉じた。そこにはミャーの戦士の猛烈な突撃風景があった。

敵の二頭立て戦車大隊は木偶《でく》の坊のようになす術もなく味方の歩兵たちが逃げ惑うのを見守るだけ。彼らはこういう事態を想定していなかった。

二頭立ての馬に頑丈で重い鎧を付けて防御を固めた以上、乗りもしない鞍は馬の負担になるから外してあった。それが当時の定石だ。そういうことで馬に乗り移っても意味がなかった。あぶみがなければ馬上で踏ん張れないので武器を振るえない。

六騎が固まって動くのがみそ。

馬上から足下の歩兵に矢を射おろす。敵は百発百中で殺られるんだからすくみ上がるわ、逃げまどうわ。戦闘機による機銃掃射なんて比じゃない。死の恐怖の演出。一小隊当たり敵歩兵一〇〇〇人を追い散らす能力がある。それだけの破壊力を持った騎馬小隊が突如として一五小隊も立ち現れて暴れ狂うんだ。

タケルは振り向いて兵士を除いた五五〇人が待機するテント村の方を見やった。研ぎ澄まされた青銅器の鉾、スパッと突き刺さる。アルファベットのL文字の形をしているので当りどころが悪ければ腕が切り落とされたり、首が飛ぶこともあった。いつもと違うのは木製の柄を外して長い竹竿の先に縛り直して使う点だ。槍衾専用に作り直す。ミャーの女たちはテントの前で自分たちができるせめてものはなむけに手元の竹竿を奪い合うようにしてこの作業に精を出した。

見渡すと、黄河の右岸に広がる広大な河岸段丘が決戦場で、その上流側に陣を敷いていた。

川岸に真竹が生えている。真竹は高さが一〇メートルから条件のいいところでは二〇メートルにもなって太さも直径一〇センチになった。ところがこうなってしまうと逆に使い勝手が悪い。ここの竹は竹細工の素材に最適で、よく人が入っていたから規格外の大竹も少なく、いい竹材が揃っていた。

竹藪は右手の山に向って広がっていた。手で握って馴染む太さがまっすぐに五メートルは続く、一〇メートルの高さ三、四年ものを切り出す。すぐに見分けられるようになる。

七

竹の肌の乾き具合と色合いが一、二年ものとか五、六年ものとは違う。節から出ている二本の枝の切り落とし口の始末は棘が皮膚に刺さらないようにもう一度ナイフで面を当たる必要があった。

面白いことに、このナイフと竹を切ってきたノコギリは鉄製だ。手頃なものを七〇〇本も選ぶのは大仕事だ。奥の奥まで入り込まなくては数が揃わない。

「黄河デルタの開封まで出れば一息つける。そこからはジャンクだ」

とタケルは独り言つ。

開封は黄河と大運河の交差点にある古都で、黄河の河口、渤海から五〇〇キロ上流にある。開通すれば、ジャンクで南に八〇〇キロ行くと杭州、北へ五〇〇キロ行くと北京だ。

「ルールールー」

という狼の群れが喉をふるわす高周波に近い音が流れてきて岸辺が夜霧に包まれるともう一寸先も見えない。いくら何でもこれでは夜陰に乗じた奇襲は無理なので彼我の軍勢はぐっすりと眠りにつく。

夢が乱舞した。恐怖を背負って、左肩を下にした、横向きの寝姿でひょっとしたらこの世で最後になる夢を見ている。やがてこの心臓を守る姿勢を解いて寝返りを打つかどうかを決めるのも夢次第だ。

さて、タケルの夢の中へきりこがやってきて誘った。確かに明日の戦いには大きな勝機があった。だけど、伝説の蓬莱に行けるなんて洒落ている。タケルはそれを受けた。そこ

へ割り込んできたのが一〇〇匹の黄河狐のおさで、

「こんなチャンスに指をくわえて見過ごすのはもってのほか」

ときりこに言い寄り、タケルにも仲介を頼んだ。

きりこの案内でタケルの軍隊とテント村の老若男女は蓬莱で目覚める。

すでに蓬莱山には狼が、浜にはうわばみが住んでいた。黄河狐は沢筋を、タケルは大谷を終《つい》のすみかに選ぶ。

ミャーの女たちは銀飾りをたくさん作った。王冠のように頭にかぶったり、首にかけたり、腰に着けたりといろいろ。もう自分に合わなくなったら、

「あなたにはこれがお似合いよ」

とみんなに惜しげもなくプレゼントした。まるでとれすぎた木苺《きいちご》をお裾分けするみたいに。

銀細工で飾り立てた女たちが即興で歌う。フレーズが繰り返されて、歌詞に韻が付き始めると大合唱になった。言葉に韻を付けると覚えやすくなる。

落語のまくら、その小噺に出てくるうわばみの大きなこと。飛脚が前も見ずにまっしぐらに走ってきて山道に差しかかったところ、道の真ん中でうわばみが大きな口を開けて寝ていたから大変だ。その飛脚、うわばみの中に駆けこんで肛門から走り抜けていった。その気配で目覚めたうわばみ、

「何か人が口の中に駆け込んだようだけども、腹の中にいねえ」

七

そのとき気が付いた。

「しまった、ふんどしをしておけば良かったのに、忘れていたからあいつめ、けつの穴から出て行ってしまいやがった」

入植当時はよくうわばみが出た。狙われたのは牛。森の中に溶け込んで獲物を消化するうちには雨も降る。風も吹く。とぐろを巻いたりゆるめたり、濡れ落ち葉の泥水がのたうつ。

不潔なぬた場から赤い目が鎌首をもたげてこっちを見ていた。

「シャー」という威嚇音を出しながらタイミングを計っている。その情景の恐ろしさ。大きな口が裂けて飛んできた。後ろに飛び退《しさ》る。セーフ。まだ腹の獲物は溶け切らず、すえた酸性の悪臭が目に刺さり涙が滲む。

うわばみは人を呑むと霊力が付いて、「おろち」に化ける。出雲の八岐大蛇《やまたのおろち》。退治してみると剣だけが溶けずに残っていた。三種の神器の一つになっていまに伝わる。

タケルが乗り込んでさっさと斬首したが、食べてみるといける。そうなると話は別で、うわばみ狩りが始まる。

尻尾を巻いて逃げ出したのはうわばみの方で、浜の原生林の奥に閉じ込もったきり、出てこようとしない。

蓬莱山が東、大谷が西。徳島県の剣山（１９５５）と穴吹《あなぶき》川にそっくり。船着場には巨岩（クジラ岩）があった。盆栽のような赤松と楓の生えた美しいクジラ岩の落とす影の中を時折太い魚が通り抜けていく。

蓬莱山にハイマツはない。ブナ、カシ、ヤマモモ、シャクナゲ、クスノキ、スギ、ヒノキ、モミなどの陰樹の森にアカマツ、クロマツ、イチョウ、ハンノキ、ケヤキ、山桜、ダケカンバなどの陽樹が疎《まば》らに混ざる。

日陰でも大きくなる陰樹、光が入ってこないと発芽すらできない陽樹、森ができるときは成長の早い陽樹が先行し、そのあとを陰樹が追っかけていく。

いま、陽樹の森は春の太陽をいっぱいに受けて若葉が美しく萌え立っている。だけどこの段階で一丁上がり、もう終わった。

光を遮られた薄暗い森の中に次世代を担う陽樹は育っていない。上が空くのを待っている二番手の高木も陽樹は枯れて、残っているのは陰樹だけ。

こうなると陰樹といえども上に出られるのなら隣の木との合体も厭わない。身近な例としては、屋久島の縄文杉がそう。

ついに日の当たる場所に顔を出したブナの大木は枝を広げて勢力を拡大していく。地上と同じ範囲に根っこも広がって毒を出した。種類は問わず幼木は枯れる。ブナの幼木もしかり。結局はこれがブナ林への近道だった。

熱帯雨林ではもっと壮絶で、横に歩く木というのがある。進みたい方向の幹に栄養を偏らせて太った分だけ裏の幹を枯らす。

落雷で幹が折れたり、虫にやられて枯れた大木が台風で倒れるときに周囲に老木があればそれを道連れにしたり、大きな崖崩れや岩場の絶壁にはビル風の突風が吹くから、そこを通った低気圧に煽られて一帯の樹林がなぎ倒されたり、へし折られたりと、いろんな原因で陰樹の森に穴が空くと地球を包む生物ベルト（ジェット気流がその代表格）から種子のシャワーが舞い降りてくる。

七

「さあ春焼きだ」
とタケル。

焼畑の煙が棚引いて香しく甘酸っぱい匂いがまだ消えやらぬ中でタケルは蕎麦の種を撒いた。

まだ春が浅く肌寒かったのでどうかと思ったが夏焼き用の赤かぶらの種もいっしょに撒く。

蕎麦は勝負が早くて、夏前にはもう収穫できた。花の匂いだが、香しくない。人糞を撒いたのか。それとも本来のそれか。すぐ慣れた。案にたがわず、底が平たい真っ赤なかぶらも大収穫だ。これが蕎麦によく合う。

焼畑の大地、大谷北岸は地力に溢れている。幸先《さいさき》は上々。

大谷北岸には南の太陽が照り付けたが、南岸は尾根の影になった。水はけも悪く、病んで瘴気が立つ。ナメクジとかカタツムリ、あるいはネズミなど、ここの生き物はどんな伝染病を持っているのか分からない。それらが大谷を渡ってくる。

タケルは南岸を焼き払った。春になって残雪が解けるとよもぎとススキが生えてきた。よもぎは瘴気を消す。これなら牛を入れても大丈夫。亀滝にかずら橋を架けて、「よもぎが原」と名付けた。

ススキの穂が美しい秋になると、念のためにもう一度火を放つ。

牛は土壌を良くする。

牛舎は北岸の冬季に限って、春夏秋は南岸に放し飼い。若党《わかとう》が若党宿で狼の侵入を見張る。たぬき、うさぎなどが住み着く。猪、鹿は蓬莱山から採餌にかよってきた。

冬季は若党宿を取り払って牛を引き揚げてかずら橋も閉鎖する。その代わり自由に狩りをしてもいい。島道（石の道）から大谷に鎖で下りて、渡って、鎖で上がる。あるいは南岸の杣道をやって来てもいい。

一息ついたタケルはクジラ岩にうわばみを彫った。舌をちょろっと出して、かまくびをもたげ、上から下へ巻き下りている。愛嬌がある。その下に洞窟を穿って中原から持って来た青銅器の鉾などの武具を奉納する。手前に神社を建立し、ミー神社と名付けた。十二支の六番目の巳《ミー》はへび。

船着場を右に曲がるとミー神社、まっすぐ行くと島道。拝殿の前には狛犬《こまいぬ》の代わりにとぐろを巻いたミーさんが座っている。

そこに三〇騎の騎馬兵が駐屯する。物見櫓の半鐘。火事以外にも叩き方でいろんなことをミャーに指示する。

八

浜から燃え上がった炎のベクトルは、爆弾低気圧が置いていった強い西風で山に向かい、北尾根を燃え上がっていた。ミャーの大きな集落を呑み込んでしまいかねない勢い。長老が山火事の作法を知っていた。

「この季節だから、まだ大根はありますな。それを畑から抜いてきて葉っぱを切って丸洗いしたのを各人が一本ずつ風呂敷に巻いて背中にたすきにかけるんですわ。あとは腰帯の背中に差す小振りの鎌が必要です。それを使って等身大の松の枝を次から次に刈り取って新しい枝で燃えているところを叩く。軟かい、どこにでもあって簡単に切れる。少々の火勢だったらみんなで叩けば走り抜けられるもんです。そういう風にして山火事は消火したり、その方向を変えてやったりもできる。松以外は向かない。大根は齧ったままで口に含んでおくと煙を吸ってむせないし、喉が乾けば飲み下したらよろしい」

南尾根。炎が木々のてっぺんを走って来た。下は燃えていない。それが杣道の両側に立ちはだかっている。やばい！　山火事と正面衝突。脳が危険を感じて視力の回転数を上げたようだ。残りの大根を口に放り込んで噛みしだく。嚥下はしない。ところが折良く南風が強くなって、炎の舌を直角に捻じ曲げたから、炎の渦巻きができてそれが北側へ転がり始めた。チャンス。走る。やはりだめだ。山火事は熱気先行だから、その最先端には真っ赤なエッジが立っている。アメーバのように蠢く炎の染みが山林を蝕んでいく、その構造は吹き荒れる大地の風を露払いにしてやって来る夕立と瓜二つ。水が炎に置き換わっているだけ。火の見櫓に一人の若党が登って小槌を振るっている。

「ジャーン」

「ジャーン」

「ジャーン」

半鐘の一打は「火元は遠い」

「ジャーン、ジャーン」

「ジャーン、ジャーン」

「ジャーン、ジャーン
半鐘の二打は「火元は近い」

「ジャンジャンジャン」

「ジャンジャンジャン」

「ジャンジャンジャン」

半鐘の連打は「逃げろ」

もうもうたる煙が流れてくる。

タケルは大谷まで引き返した。亀滝の先は二キロ続く川幅いっぱいの深い瀞になっていた。一〇〇〇人が飛び込んでも何ということはない。これに賭けるしかない。半分生き残ったら良しとするか。結果オーライだった。

子供を背負い、両脇の下からおんぶ紐を通して肩から胸に持ってきて一捻りする。そうしておいて背中の子供を持ち上げ気味に背負い直してそのお尻に互いに紐を回してお腹に持ってくるとぎゅっと蝶々結びをした。みんな慣れているからすぐに子供は背中に括り付けられた。そうしておいて、瀞に飛び込んだ。三〇メートル下の水面までは火事の煙で見えない。かえって気楽というもんだ。タケルの指示が飛んで半鐘の若党も三〇騎の騎馬兵も後を追う。


きりこと一緒にミー神社の境内で目覚めた。

やがて、死の山火事、亀滝の瀞からたくさんの赤いカラスが飛び立った。ミー神社の先の砂浜に着くと元のミャーに戻る。夢の化身。当たり前だけど夢の中では食べれない。歳も取らない。夢か現か幻か、いまはどこにいるのか、差引き勘定、何とでもなる。赤ちゃんが夢から覚めて泣き出した。母親も目覚めておっぱいをやる。

「これからはタケルたちとも仲良くやってかないとね」

ときりこ。

九

蓬莱は鳴かず飛ばず。

いや二回だけ仕事をした。元寇《げんこう》。博多の海をひっくり返して侵攻をワンキックした。

「すわ、敵襲か！」

敵襲の衝撃波と取り違えたのはオルカによって湾に追い込まれてきたセミクジラとミンククジラの群れだった。どちらの体長も二〇メートル。それが水上に盛り上がり、殺気立っている。

オルカの体長は一〇メートル、まるで海のパンダと名付けたくなるような可愛らしさ。人懐っこさと頭の良さを併せもち、オルカショーはイルカショーと並ぶ人気イベント。ところで骨格標本を見るとまるで肉食恐竜だ。ティラノサウルスが昼寝中に寝返りを打ったような格好で海洋博物館に空中展示されていた。

大海原を四〇ノット（時速約七四キロ）の猛スピードで疾走できる強靭な体躯を持った哺乳類で、地球の食物連鎖の頂点に立つ。姿かたちが似ていなくもないサメの骨格標本は魚類だから秋刀魚《さんま》の骨と格好が同じだ。

クジラたちへの殺戮が始まった。彼らはクジラの舌が大好物だから、大量殺戮の現場では他の部位は食べ残される。湾は一面の血の海。死んでも浮かんでいるのがセミクジラで、沈んでいくのがミンククジラ。

　オルカは腹一杯。風が少し生臭いと思ったら大雨になった。

　さて、見上げた満月にあんぱん雲がぽかりぽかりと浮かんでいる。それが急に流れ出した。さあ海坊主と一緒に出発だ。モンゴル帝国の軍船を蹴散らしに行く。

　猛スピードで海上を走る。神風というが海坊主が出たという方が具体的だ。

　東シナ海から日本海に流れ込む暖流は大昔からの黒潮航路で人の行き来も活発だった。ここを航行していた船は舳先《へさき》から艫《とも》までの寸法が定番の二五メートル、一本の大木の長さ。ちなみに秀吉の大陸出兵の軍船は三〇メートル。彼は知ってそうした。矜持がそこにはある。

　いずれにしろ、こんなの蓬莱に遭遇したら木の葉のように翻弄されて、沈まなかったらどうにかしている。

　蓬莱は陸地から見ても海坊主に見えた。

　水平線までの距離は地球の半径と海抜が分かれば計算できる。富士山（３７７６）からは二一九キロ先に水平線あるいは地平線が見える。逆に向こうからも富士山が見える。空気が澄んでいたらの話。

　波打ち際に立った人の、海抜二メートルの目線から見える水平線までの距離は五キロ。こんな近くを蓬莱は通らない。

海抜二〇メートルの目線といえば黒船とかティークリッパーのマストに登った見張り番のそれで、一六キロ先に水平線が見えた。海抜五〇メートルの灯台の光は二七キロ先の水平線まで届く。

漁村の裏山で野良仕事をしていたおばちゃんがふと海を見ると、水平線の辺りを海坊主が大波を蹴立てて突っ走っていた。彼女の目線は海抜二〇メートル。あいつがまた博多に向かっている。大変だ！　早く知らせなくっちゃあ。

「海坊主が出た。大波が来るよ。みんな逃げて」畑のおばちゃんはそう叫びながらごろた石の急坂を気丈にも走り下りる。こけるのが怖いなんて言ってられない。

南宋では日本船は唐船《とうせん》と呼ばれた。平清盛も源頼朝も唐船を南宋へ遣っている。お役所に出て仕事をする日中は孔子の儒教の世界だけれども、帰宅した夜は山水画の前で一献かたむけながらそこに必ず描かれている世捨て人になって、老子の世界に入っていく。これが当時のエリートたちの密かな楽しみ、ブームになった。

モンゴル帝国がそんな南宋を滅ぼし元を建て、漢人と朝鮮人を駆って日本に攻め入る。乗っ取りを計画。

博多駅から福岡空港までは、地下鉄で二駅、約六分で着く。

空港で空き時間ができたので、そこから太宰府まで歩いてみた。のどかな田園風景の中のちょっと長い散歩という風情のまま、気が付いたら半日で着いていた。

途中に、「ここまで元軍が上陸してきた」という看板があった。

腰丈《こしたけ》に組まれた枝付きの枯れ竹、その畦道《あぜみち》沿いの畝《うね》にはえんどうのつるが這い上がって白、紫、赤の可愛らしい花を付けている。モンシロチョウが花に群れていた。
追っかけた分だけ逃げる、それが何やら懐かしくも、もどかしく挑発的、これはもうデジャヴ（既視感）だ。

第一回元寇は晩秋
東路軍
漢人（北方人）三万人
朝鮮人（高麗人）一万人
軍船一〇〇〇隻

第二回元寇は夏
東路軍
漢人（北方人）三万人
朝鮮人（高麗人）一万人
軍船一〇〇〇隻
南路軍
漢人（南方人）一〇万人

九

軍船三五〇〇隻

どちらも海がひっくり返されて敗走する。

五〇〇人乗りの大型ジャンクは鉄釘を使った。軍船は木材に穴を空けてホゾをはめて木釘を打ち込んだホゾ継ぎだった。鉄釘継ぎの強度はホゾ継ぎの五倍。軍船は竜骨船にせず平底船に石を積み込んで安定させていた。何故二回目の軍船は改善されなかったのか？船大工なら誰でも分かる話だ。沈んだ軍船の兵卒（南方人）を帰還させるために大型輸送船の軍馬七〇頭を解き放っている。当時、世界最良の軍馬だ。この血統をただで日本は手に入れた。

馬に限らず、今回注目すべきは、種もみと野菜の種と農機具を持ってきていた点。それと各船に玄米四〇俵、これで半年間はゆとりで食える。

まずは博多を奪って住み着こうという魂胆だった。安普請《やすぶしん》の船でやって来た。退路を絶ってというよりも、必ず勝つという腹積もりの片道切符だ。対する日本側は博多湾岸に二〇キロの石築地《いしついじ》を設けていた。日本文明は内乱期に差しかかっていた。

「よっしゃ受けて立とうじゃないか！」

待っていたのは人馬共々美しく飾り立て、射程距離の長い強弓を射ることができ、「軽くて折れず、よく切れて、切れ味の落ちない日本刀」を持った怪物だった。

そういうキャッチコピーで日本刀を商品として最初に扱ったのは江南商人だ。彼らは博多まで買い付けに来ていた。玉鋼《たまはがね》クラスの良質の鉄は日本にしかない。それに日本刀は刀工にも恵まれていたからものが揃った。

日本騎馬兵の破壊力は凄かった。鎌倉武士の本体の到着を待たずに九州勢が一所懸命にがんばった。

一所、すなわち所領はこういうチャンスに褒賞として勝ち取るものだったから。

遠くから放たれた矢がドスンと盾に突き刺さった。と、見る間に近付いてきて、馬上から日本刀が振り下ろされる。一瞬の出来事。元兵は革製の鎧もろとも斬り捨てられていた。

世界に冠たる重武装で身を守った騎馬武者が次々と一〇〇騎近く敵陣に討ち入ってくる。一族郎党、身内で固めた抜け駆け行動だった。その恐ろしさたるや筆舌に尽くし難い。

元軍の弓は馬上から足下の敵を見下ろして射殺するのに特化されていたから、騎馬武者に対して水平に射る用途外使用ではからっきし駄目だった。

それでもついには馬が傷付き引きずり下ろされるが、後続の騎馬武者たちに助け出された。

「人の心と人情と」

先駆け争いに負けた者らが、利害を離れて救助に行く。この人情味が鎌倉武士の特徴だった。民度が高いと言わざるを得ない。

この時代には一騎駆けのエリート騎馬武者による弓射戦での勝負もまだ行われていた。頭にかぶる兜、腹回りの胴、肩から上腕部を守る大袖で一揃えをなす鎧も、着て立っている間は本人の肩がその重量を支えているが、いったん馬にまたがってしまうと、それを鞍が受けて、馬の背で支える構造になっていた。すこぶる身軽になって戦いに専念できる。兜は重くて従者が持ち歩いた。いざ戦いとなって初めて従者から受け取ってかぶる。

左手に弓を持ち、右手で弦を引いて矢を構えたときには左の大袖が盾になる。よく研究されていた。

矢は一騎討ちの相手の騎馬武者に向けて放たれ、最大射程は四〇〇メートル、有効射程が二〇〇メートルあった。

ベトナム戦争に例を見るまでもなく、日本でも浅間山荘銃撃戦で赤軍の撃った銃弾で機動隊の隊長が殉職した。ヘルメットで隊の序列が識別されての狙い撃ち。

元軍の指揮官が狙い撃ちされて戦死すると兵たちは、海上の船に敗走するしかなくなる。

海上では敵の平底船は日本の小型の竜骨船より取り回しが悪く、まるで米軍の爆撃機に群がって撃墜したはやぶさ戦闘機のように敵船に何隻も接舷し、飛び乗って斬りまくり、下船時には生首を持てるだけ、二〇首も持ち帰った。

一〇

地中海盆地の先にあるカスピ海とタリム盆地のタクラマカン砂漠はそれぞれ日本と緯度と面積が同じだ。

カスピ海は魚影が濃く、チョウザメや北部には鮭がいた。ヴォルガ川を筆頭に河川は一三〇を数える。土砂も大量に流れ込んでくる。水深は二〇〇メートル。ロシア、アゼルバイジャン、イラン、トルクメニスタン、カザフスタンの五ヵ国が取り囲んでおり、国際条約では湖よりも海の方が取り決めがしやすいということもあって近年、海ということになった。

カスピ海の塩分濃度は大西洋の半分くらい。塩は河川が持ち込んだ。海面はマイナス三〇メートルだが一メートル増えたり減ったりの不安定、海面の降雨量の五倍の蒸発があり、これをどのように考えるか。ものすごく広大な陥没に淡水が大量に流れ込んでもすぐに蒸発してしまうからなかなか満杯にならない。いまはその途上なのかどうか。

この海の島々は陸地の近くをぐるっと取り巻いていて中央には何もない。ということは昔は陸だったのが水が回ってきたということか。

民族のるつぼからこの海の島々に逃れた民《たみ》の多いこと。モンゴル草原を横切ってカスピ海のマイナスの海面まで落ち込んだヴォルガ川の三角州は底辺が一五〇キロの低湿地帯で危険。扱いは鳥獣保護区。人は入らないでおくこと。モスクワはカスピ海の北、この川の上流にある。

タクラマカン砂漠は二〇〇〇年前は湖だった。やがて、さまよえる湖と呼ばれて、完全に干上がるのが一六〇〇年前。地球の底が抜けたのかな？　砂漠の規模といっても日本と同じなんだからめちゃくちゃ大きい。揚子江の河口にある上海も土砂で埋らないが、規模が小さすぎる。琵琶湖の底が抜けたとして、それの数百倍だ。

近くのオアシス都市楼蘭が廃墟になる。楼蘭の美女。三八〇〇年前に埋葬されたミイラで白人女性。年齢四〇歳、身長一五〇センチ。アーリア人。

この砂漠の北に天山山脈が、南に崑崙《こんろん》山脈があって、三本のラクダの道が通っていた。天山山脈北路はサマルカンドへ、天山山脈南路と崑崙山脈北路はカシュガルへ着く。その先で合流してカスピ海の南端、テヘランへ。

オアシスの大半が枯れて崑崙山脈北路から大きな隊商は消えたが、僧侶玄奘三蔵はここを通っている。騎行。結局は近道なんだ。とはいっても飲み水のほとんどは苦味があって飲むと下痢をした。黒ずんだ水。馬、騾馬、羊なども飲むのを嫌がるが、人間の飲み水以外は持ち運べないからしぶしぶ飲ませた。これでは単身に近い騎行以外は無理だ。

玄奘三蔵は楼蘭遺跡に立ち寄った。そんなことをして、このルートは急がないと危険だと思うんだけどなあ。手に乗る金の仏像を探しに行ったのかもしれない。

奈良県天川村にある弥山川《みせん》は弥山登山ルートの一つで、狼平《おおかみだいら》で通常ルートに合流する。日本狼が最後に目撃された場所だ。

双門の滝の右岸にある梯子で直登三〇〇メートルの崖登りは気が抜けない。この滝の手前に苔に分厚く覆われた修験道の寺の廃屋があって、探したが何も出なかった。見つけても文化財だ。自分のものにしたら泥棒行為だが衝動に駆られた、その体験から動機を憶測した。

一〇

ラクダの道の隊商は駝夫一人当たり二〇頭のラクダを引いた。これを一棟という。小さな隊商でも一五棟、三〇〇頭のラクダが引かれた。

一日に三五キロ進む。鞍の工夫で華奢な背中に二〇〇キログラムから個体によっては五〇〇キログラムを積んだ。軽トラックの積載量は三五〇キログラム。一頭が軽トラック一台分の見当。

誰がシルクロードと言い出したのか。シルクもあったんだろうが、その出土品の一部を北京大学が公表した。直径二〇センチの銀の皿が縄で二〇枚ずつ十文字に縛られて積み上げられていた。皿の裏に墨で漢数字が大きく書かれていて、当時の売値だという。欲しくて北京市内を探し回ったがどこにも出ていない。もう一つ。直径一〇センチの青銅鏡は磨きが良く顔が綺麗に映った。

ラクダは急峻なところを嫌う。足を傷付けるから湿地は歩かない。ラクダの寿命は三〇年、妊娠期間は一二ヶ月、海水も飲めて、水分の補給は一度に一〇〇リットル。この場合、赤血球は水で三倍に膨らむが破裂しない。植物なら何でも食べる。

ラクダに駝夫が乗ったらその分荷を運べない。リース料が高いのでそんなことはしたくない。

大半のラクダはラクダ牧場の親分からの借り物だった。リース料は全額前払い、頭数が減っておれば別途料金がかかる。

べらぼうな料金を取られても、メリットはあった。牧場主が大物であれば、そこの焼印のラクダが多い隊商は盗賊に襲われない。そうはいっても、砂嵐、狼害、駝夫の内輪もめなどの隙をついてラクダはよく逃げる。そんな混乱に遭遇したら彼らも隊商を選んでなんかいない。

これらとは違って昔からのラクダ引きも健在だ。任侠の徒たちの集まりといった方が話が早い。一人一頭。自分のラクダの持ち込み。合計五〇頭。

このヤクザなラクダ引きたちはあっちの町からこっちの町へ塩を運んだり、それを売ったお金で食料とか衣類を仕入れてきたり、まあそんなことをしながら春夏秋冬を渡り歩く。

冬季に遠路はるばる北京までやって来るのも彼らだった。義理と人情の厚さは日本任侠映画さながらで何とも気持ちがいい。

親分は馬に乗っていて、付きつ離れつの気ままな別行動。誰も寄せ付けない。

彼らは盗賊ではない。逆にカモにされた。ラクダ牧場の親分にも踏んだり蹴ったりのやられっぱなし。みかじめ料としてラクダを三頭リースさせられるわ、それが盗まれた日にゃあ大金をふっかけられるわ、何しろ商いが小さいのでまとまったお金なんか持っていない。

一〇

一一

神は赤土からアダムを創り、鼻から命を吹き込んだ。あばら骨を抜き取ってイブを創った。

アダムとイブは禁断の果実（善悪が分かるようになる木の実）を囓って、堕落した者として神に烙印を押され、エデンの園から追放された。

これは興味深い。善悪が分からなければ差別もない。アダムはイブを差別した。

「たったあばら骨一本のくせに対等な口を利くな」

人の世に差別が生まれた。

モンゴル草原の西半分、黒海のドニエストル川からウルムチまでにはクルガンの小さな古墳がたくさんある。

ウルムチで三つの古墳に入ったことがある。階段の下の穴蔵。土に埋まっていた。石室に絵があった。これが一つ。あとの二つは人骨のみ。生活空間が墳墓に早変わり。近くに未発掘のものがまだだいぶあるという。

離農者、七道さんの一軒家、その芋穴《いもあな》を兼ねた防空壕は居間の下から始まっていた。台所から階段を下りる。クルガンはまるで七道さんの芋穴にそっくり。臭いまで。

崩れた家屋の屋根が台風で飛ばされて、敷地を覆う野苺《のいちご》が天然の美しい屋根になった。刺のある茎が這うように広がってそうなった。野苺は動脈血の新鮮な赤色で甘酸っぱくておいしい。よく間違う蛇苺《へびいちご》は静脈血の濁った赤色で食べる気がしない。同じ季節の似通った場所に混在するので小ちゃな子供は間違って食べる。毒ではないが誰かがおしっこをかけているかもしれない。

ある年、野苺を食べるのに夢中で瓦礫の釘を踏み抜いて大出血した。足の裏は出血すると凄い。どくどくと噴き出てきた。スニーカーから溢れ出すどす黒い血液。翌年からは立ち入り禁止。近所の子供たちにおこられた。

クルガンは氷河時代からの難民で先にやって来た。アーリア人は氷河時代からの生還者であとから。ともに色目の白人だった。

洪水にクルガンが方舟《はこぶね》を造る。彼は赤人アダムの一族を乗せなかった。

その山の向こう側は遥か下方に広大な鞍部が広がってお花畑になっていた。黒山羊に付き従う羊の群れが三つ。一五〇匹だ。濃い草丈に身を埋めながら動いている。この羊たちは何匹かが担ぎ上げられて繁殖した。自力では下りられない。チベットの岩穴。そこがアーリア人と羊たちの越冬の場になった。

一一

『旧約聖書』は小さい文字でびっしりの二〇〇〇ページ。辞書に使う極薄の上質紙を使っていた。『新約聖書』もある。

初夏から晩秋にかけて大阪城公園のあっちこっちに広がる大きな森の小道を辿りながら新旧を読んだ。ダニがいるのか痒い。

『水滸伝』の首領、宋江《そうこう》のような人物が登場する面白い話があった。ユダヤ教、キリスト教、イスラム教がここから生まれた。

読み終わった日に、大阪環状線森ノ宮駅の方から公園に入った大噴水のベンチで見上げた空にふと、旅にでようという思いが宿る。北へ行こう、一一月の終わりに青森で食べた大間《おおま》鮪《まぐろ》はうまかった。函館の五稜郭を見下ろすタワーで食べた京料理も捨てがたい。そして厳冬の網走で正月を過ごすんだ。

「それって『聖書』ですよね」

と二人の女性がキリスト教の勧誘にきた。たぶんモルモン教徒だ。一人は見習い。タイミングがよすぎる。全部を読了したところとはつゆ知らずの恥っ晒し、先生格も全部を読んでいなかった。

「きょう読み終わったんや」

聖書を取り上げて汗の重さを測りながら、

「凄いですやん」

「明日から旅に出るんだ」

このタイミングでこのセリフを言わせてくれるなんて。手探りの人生、それもこの日ばかりは小休止になった。

鳥瞰するとイランの首都テヘランは旧約聖書の世界の広がりの中心、十字路になっている。

進行方向を北へ取って黒海、ドナウ川、ライン川、黒い森、北海へ。南へ取ってアフガン、カイバル峠を越えてパキスタンの部族地域へ、インダス川へ。このユーラシア大陸を南北に断ち割るルートを通ってアーリア人はイギリス、アメリカへするりと抜け出してアングロ・サクソン文明を打ち立てていまに至る。

直進すればチグリス・ユーフラテス川のメソポタミアへ。その中心はイラクの首都バグダッド。川を下ってアラビア海までは二〇日かかる。その河口には棗椰子《なつめやし》が生い茂っている。この光景は心を休めた。中国からの商品の重要な搬入ルートだったが、ラクダの道よりも危なかった。海路は大荒れの海に船舶の適応が追い付かず、整備の行き届いたジャンク船団でさえときにはボロボロの状態で到着した。

それから、地中海東端のユダヤ教、キリスト教、イスラム教の聖地エルサレムを経てナイル川河口のアレクサンドリアへ、エジプトへ。

ジャンクは山水画の湖面に浮かぶ、例の綿布に割り竹を裏打ちしてすだれに編んだ四角い帆の竜骨のない平底船で、喫水の浅い河口とか海辺も走行可能、スピードも出た。

この四角い帆は突風の気配があるとすぐに下ろすことができたし、逆風をついて走ることもできた。やがてこのローカルシップも、大運河から遠洋航海可能なグローバルシップ——

へと変身する。とはいえ次の一点でまだまだ椰子船《ダウ》にはかなわない。

インド洋に吹く夏風（アジアへ）と冬風（西洋へ）。夏は雨季で南西風、冬は乾季で北東風が吹く。強い風で海流が夏は時計回りに冬はその反対になる。この風は「ヒッパロスの風」といって西洋でもよく知られていた。発見者の名前でギリシャ人。その強風を突いて航行できたのはアラビア商人のダウ船だけ。

船板を椰子の繊維で縫合し、油脂で止水した船体を持ち、逆風を進むための大きな三角帆を備えた積載量二〇〇トンの大型木造帆船だ。みんなが非常に重宝した。

実際のところはインド洋の東西交通に与る風に過ぎないのだが。ヒッパロスの風がユーラシア大陸を東西に結んだ。

海の風と潮流の関係は面白い。台風は黒潮の渦巻きから生まれる、そんな研究成果もある。全部が全部そうなのかな？

このような強い逆風をついて走れるグローバルシップが出揃うのはずっとあと。その間、スペインの無敵艦隊がイギリスに敗れた。

巨大なガレオン船軍団が英仏海峡をこえてテムズ川の河口辺りで最終決戦をしたが運悪く強風に流されて英仏海峡を逆進できなかった。北海に追いやられる。大荒れの北海では三〇パーセントの軍艦が沈没した。敗因は風。

外洋は主に帆走し、必要なときに外輪またはスクリュー推進もできる武装した汽帆船、

一一

日本ではこれを黒船と呼んだ。

黒船には木製と鉄装甲製がある。黒イコール鉄じゃない。小口径大砲で榴弾の威力が弱い時代には、被弾しても火災を誘発する恐れがなく、分厚い木材による防御で十分だった。ペリーの黒船は木製。また、外輪の固定式に対して、スクリューは可動式で、帆走のときには抵抗を減らすために海から引き上げていた。万延元年にアメリカまで行った勝海舟の咸臨丸がそれ。

ドーバー海峡のイギリス側は白い崖。海峡の先を西に曲がって四〇キロのところにテムズ川の三角江があった。

いま紅茶レースのティークリッパーが中国からはるばるやって来た。テムズ川の河口から終点のロンドン港までは例に漏れずタグボートに曳航《えいこう》される。

ティークリッパーは帆走で一六ノット（時速二五キロ）。対する黒船は帆走で八ノット、外輪走行で五ノット（時速八キロ）。

それが事件が起きて逆転。スクリューの羽根が半分に折れてスピードが増した。技術革新の波がやって来て水中固定式で強力なスクリューが完成する。背後に舵を置くと連動して驚くべき切れ味を出すことも分かった。併せてワイヤーロープとウインチが発明される。大出力の蒸気エンジンと鋼鉄の船体の時代の幕開けだ。

ティーレースは六月初めに中国をスタートし、インド洋の夏風をついて一〇〇日余りで九月にはもうイギリスに着いた。

美しくなければ速くない。代表格のカティーサークはいまもロンドンに展示されている。見る機会があった。思っていたよりもでかい。排水量九三六トン、長さ八六メートル、幅一一メートル。この船はウイスキーの銘柄にもなった。ジェット戦闘機も同じで美しいほど速く飛ぶ。それがステルス戦闘機で不格好になる。美しさは姿勢制御と連動するけれども、いまやコンピューター制御でまっすぐ速く飛ぶことができるようになった。飛行機も船も風を切る美しさがなくてもスピードが出る。ティークリッパーは帆船の歴史に有終の美を飾った。

勝利の美酒、一番茶の御祝儀相場と水夫への配当が凄い。ティーレースに徒花を咲かせたカティーサークはスエズ運河開通のときに進水した。いわゆる遅れてきた青年というやつ。

凪のないスエズ運河を帆船は通れないので一〇年もしないうちにレースは終了する。配当が激減すると、アメリカ西部のカウボーイが黒人に取って代わられたように、白人の水夫がいなくなった。

ティークリッパーの船主たちも必死。オーストラリアとイギリスを結ぶウールクリッパーに活路を見出したり、アメリカのゴールドラッシュに相乗りして、山師たちを東海岸から西海岸まで運んだりもした。

そこまで。夢が破れても神はそうやすやすと彼女たちに死を与え賜わず。ずるずると第一次、第二次世界大戦をかいくぐり、朽ち果てるまで七つの海をさまよった。流転の果てには逃げ足の速さを買われて麻薬クリッパーになる。
「老兵は死なず、ただ消え去るのみ」
うらぶれた水夫たちに海賊の亡霊が取り憑いてもおかしくはない。やがて幽霊船になっていまも世界の海を漂っている。

一一

新疆とアフガンは国境で仕切られているが、ワハーン回廊で繋がる。イスラム教徒は共にスンニ派。北京からポタラ宮のあるチベットのラサまでの全長は二五〇〇キロ。そのうちチベット鉄道は青海湖のある西寧からラサまでの一〇駅、一二〇〇キロ。

西寧（2250）
ゴルムド（2828）
崑崙山峠（4767）
トトホー（4533）
タングラ峠（5072）
タングラ（5068）
アムド（4074）
ナクチュ（4507）
ダムシュン（4293）

ラサ（3658）
参考富士山（3776）

確かアムドで六分間下車できるんだったかな。こんなにも海抜が高いのに工事ではいろんなものが出土した。石のナイフとか。

そのラサから南に行けばインドのダージリンに着く。茶の産地で、イギリスの汽車が登ってくる。急峻な山岳地帯とはいえ簡単に踏破できる近さだった。そこからヒマラヤの山裾を横切りながら西に進むと、パキスタンの手前にダラムサラ（ダライ・ラマのチベット亡命政府）があった。パキスタンの部族地域を経てカイバル峠からアフガンに出る。これで一周した。この円内の紛争はやばい。地球を救うへそだ。これをハサミでちょん切って一〇〇年前に戻してやったら済む。

一二

アーリア人の岩穴で過ごしたことがある。居心地がいい。臭い。それが何だ。

チベット古道をモンゴル草原に向かっていた。トラドとの二人旅だ。

雪解け水が流れ落ちる草付きのガレ場で嫌な奴が待っていた。

スノー・マンが三頭。ゴリラは一頭、二頭と数える。三人ではないだろう。いや三人と呼んだ方が適切かもしれない。中国政府は彼らを見つけたら新しい民族に認知することもあると言っていた。

大柄、背筋をピンと伸ばして立ち上がって輪を描くようにゆっくり歩いている。白色の体毛か。

スノー・ジャガーに出会ったら美の中に恐れを見るだろう。同じで素通りできそうもない。

横へ上へ、簡単そうなルートを見つけては逃げ上って万年雪に着いた。エッジのよく効く雪質だったが滑ったらお終い。頂上のなだらかな雪原に出たときには、もと来た道から遠く離れてしまい、見知らぬ山並みに囲まれていた。

天候はまだ崩れていない。急いで雪洞を掘ってビバークの場所を確保すると荷物をそこに放り込んで一休み。水筒の水はまだ温かかった。ビスケットを齧る。

「向こうはどうなっているのかな」

ガスが出ないうちにとお尻を上げた。

向こう側の鞍部の草は濃く、黒山羊に付き従う羊の群れが二つ。これだけの規模だと越冬用の羊飼いの岩穴があるはずだ。

あった。

色とりどりの小旗《タルチョ》を隙間なく結んだ数本の縄が岩穴と小さな石積みの仏塔《チョルテン》とを繋いでいる。

タルチョは風の馬（ルンタという）とお経を刷った五色の小旗。チベット語で「lung」は風、「ta」は馬。それが風にはためくと馬が天に昇って願い事が叶い、お経も広がる。

一方、風の馬とお経を刷った小さな四角い紙切れは紙吹雪のように天に撒いた。この場合、ルンタといえばこの紙切れをさす。

さっそく荷物を取りに戻って、急な雪面を転がるようにあるいは滑るように下った。

岩穴にはライオンのようなオスの黒犬、蔵獒《ザンアオ》がいた。会うのは初めてだがチベットといえばこの犬だ。

金色の大きな目に焦点が合っていない。狂っているような目付きのそれがこちらに向けられて、牙を剥いたよだれの口。よく見るとそれは丸い眉毛のだまし目で、その下に刃のような冷たい目がこちらに狙いを定めている。

オス犬の黒っぽいたてがみは大きく美しくなびき、尻尾の先までふさふさだ。日だまりに打ち込まれた丸太杭に鉄輪が放り込まれて鎖で繋がれている。ロープは噛み切ってしまう。荒々しく土を掘って暴れた。夕方になって家人が帰ってくると、解き放たれる。

血が凍るような吠え声と同時にガツンと鎖が伸び切って杭が揺れた。セーフ。岩穴の風除け壁に逃げ込む。

そこは冬場からの悪臭に包まれて吐き気がした。目に染みる。かまどの横に、大鍋と小鍋が立てかけてある。

冬になると越冬羊のために大鍋で雪を解かす。夏は雪田の下に雪解け水が流れていた。岩穴はゆるくカーブしていた。羊たちの口が届かない高さの横木に越冬用の干し草が置かれる。今冬用にもいくらかは運び込まれていた。手を突っ込んでみると、甘酸っぱい香りが漂う。

中国軍はたくさんの戦利品をチベットから持ち帰った。蔵獒もそうだった。ところがこの犬は北京では気圧順応がうまくいかない。トラックを全力疾走させると心臓が破裂した。

羊飼いの老人がすっ飛んできた。大歓迎。山の上からまさかの人間が転がり落ちてきたんだから。

トラドの言葉が通じた。彼の一族はチベット経由でインドのダージリンから茶を仕入れていた。言葉は子供のときに覚えた。

きょうは吟遊詩人の来る日だという。

大鍋をかまどにかけてお湯を沸かす。火の番はトラドが買ってでた。

羊飼いの老人は、ナイフを出して砥石に当てると、切れ味を確認してから羊の群へ下りていった。

羊をひっくり返して腹を少し裂き、そこから右手を突っ込んで心臓を握り潰す。一分三〇秒は痛くない。遊んでくれていると思ったらもう死んでいた。神聖な大地だからお花畑もどこも汚さない。あっという間に血の腸詰めと骨付き肉を数個に捌いて羊皮に包んで戻ってきた。大鍋で茹でる。

「それそれ」とは熊の解体で血の腸詰を作る作業とそれ自体をいう。あわてた作業ぶりが成果品の名前になった。それそれを猟の仮小屋の鍋でゆがいて、先を争って食べたという話を聞いたことがある。これは日本の場合。

バターのよくきいた茶が出された。

バター茶はチベットの高地に住むウシ科の哺乳類、ヤクの乳とバターが主役、それと塩、それらを茶に混ぜて飲む。水と油が一体となっていないとおいしくない。味は混ぜ具合の良し悪しで決まる。

トラドが右手のくすり指を茶に少し浸すと、肩の後ろへ雫を飛ばした。お馴染みの作法だ。羊飼いの老人の作法は少し違っていて、右手のくすり指で茶を弾き、天地の神々にお礼の言葉をつぶやいてから飲み始める。

吟遊詩人がラバに乗って登ってきた。後ろにもう一人、その男もラバだ。ラバは雄のロバと雌のウマの子で雑種強勢、一代限りで繁殖はしないが非常に有能で高価な動物だった。

いっぱい時間をかけていよいよの到着、吟遊詩人は洞窟に入ってくるなり、何やら大声で唱えながらポケットからパーッとルンタをばら撒いた。

彼は革靴にウール地の背広を着ていた。だいぶくたびれてはいる。いっぱい重ね着をして、革ベルトをぎゅっと締めて、寒さ対策も万全。一個のカバンを両肩にたすきにかけて、さらに首から大きな目覚まし時計を紐でぶら提げている。動くのかな。あごひげはちゃんと剃って、メガネをかけ、テンガロンハットをかぶっていた。

この格好は吟遊詩人たちのユニホームみたいなもので、前に見かけた吟遊詩人も似たり寄ったりの格好をしていた。

出迎えた羊飼いの老人は、分厚いどてら着物に長帯（日本でいうおんぶ紐）をクルクルと巻いただけ。もう一人の客人はイリの親分だった。

羊飼いの老人が再び茶を用意した。今度はこぶし大のバターの塊を各自のコップに先に入れておき、その上から茶を注いだ。吟遊詩人は特別だから贅沢な茶になった。

「忘れないうちに」

ひどい雪焼けを気遣って羊飼いの老人が小瓶に入れたトチャをくれた。ヤクの乳からバターを作った残りの液体を煮詰めたもの。それを塗るといい。

茹で上がった骨付き肉が山と盛られてきた。山ネギをきざんだ味噌の薬味で食べる。うまい。

トラドがバーボンウイスキーを取り出すと、

「にっ」

と笑ってトチャのお礼にと羊飼いの老人に手渡した。彼は、

「いい瓶だ」

と言いながらみんなのコップにウイスキーを注ぐ。中身の酒もさることながら、こういうところでは空き瓶が役立つ。それだけでいいお土産になる。

思い付くのは取って付きの大型ワインボトル。ニューギニアの高地ではラム酒のポケット瓶が引っ張りだこになった。

「あの蔵嫛は吟遊詩人が去年連れてきてくれたんだ」

と羊飼いの老人。

戦いがあった。敗戦の将の一人が吟遊詩人に、何人かの生き残った部下がそれぞれの羊飼いの岩穴を守る防人《さきもり》に身をやつして落ちのびた。そして戦いのあった日を祭りの日と定めて、祭りが近付くと、その戦さの語り部である吟遊詩人はまず羊飼いの岩穴から回り始める。

お祭りになると、魂の眠る小山ほどの石積みのチョルテンの前で吟遊詩人は唄う。いつ

いつの戦の日には、誰それは何歳で、どういう出で立ちで何色の馬に乗っていたか。その馬の飾りはどうであり、いかに戦ったか。延々と唄い上げる。親しき、懐かしき、愛しき男たちがみなの心によみがえるまで。

「出陣っ！」

吟遊詩人の号令一下、大量のルンタが天に舞うと戦いの出で立ちで集まった人々がチョルテンを右に回り始める。

剥き出しの大地が馬の蹄で砂塵を巻き上げる中、それに見え隠れしながら回る、回る、奇声を上げて人馬が踊る。

先にも触れたが、羊一匹と麺で三人が一ヶ月食い繋げる。一〇〇匹で三〇〇人が一ヶ月。羊飼いの岩穴は凄い山岳ゲリラの兵站基地になる。

聴衆は四人、この羊飼いの岩穴が最初だ。吟遊詩人が一頻《ひとしき》り叙事詩を唄う。羊飼いの老人とトラドが感極まって泣いている。イリの親分も。

夜が明けた。羊飼いの老人は、吟遊詩人のラバに昨日のゆで肉と腸詰めとバターをいっぱいくくり付けている。ウイスキーの空き瓶も！　吟遊詩人が気に入ってくれたものなら惜しげもなく何でもあげる。そのラバもそうで、去年の祭りの日にみんなでプレゼントした。

一三

カトリックは神父、プロテスタントは牧師。神父は結婚をしない。聖書も読まない。牧師は結婚もし、聖書も読んだ。

カトリックはプロテスタントよりも同性愛者を嫌った。いずれにせよ神父と牧師の人格にはクルガンがいる。人の心なんかない。安土桃山時代の宣教師は女子供《おんなこども》を海外に売り払い、キリシタン大名は神社仏閣を壊し、仏像を川に流した。第二次世界大戦の原爆に繋がる残酷の心柄《こころがら》。

これを知った秀吉が激怒してヨーロッパ人に対する敬意を捨てたようだ。家康もそういう扱いに変わる。

鎖国の日本。大名も含めた民間の貿易を禁止した。海禁の清。国家による海外貿易の独占だから同じ意味合い。

貿易量を減らしたわけじゃない。窓口を幕府に一本化しただけ。機を見るに敏。悪意の白人の後ろ盾を得ると、建前一本のプロパガンダと暴力が蔓延しかねない。いったんそうなると根絶はたぶん無理だ。日本は海禁に加えて出島という工夫をすることで、日本国の分断を防ぐことにも成功した。

当時のフランス、スペイン、ポルトガルがカトリック、クルガンの流れ。イギリス、オランダ、アメリカがプロテスタント、アーリア人の流れ。

イギリスはインドをオランダはインドネシアを奪う。

島原の乱に天草四郎が頼ったカトリックのポルトガルはついに現れず、プロテスタントのオランダが幕府側に付いて長距離砲による艦砲射撃を行った。その威嚇効果たるや大坂冬の陣で大坂城の天守閣に命中させたときと同じで、籠城しているキリシタンたちの心をへし折った。

手探りで始めた出島の相手国、ポルトガルのやることがどうも気に食わない。軍事力の時代だ。明軍、朝鮮軍と戦い、関ヶ原の戦いを経て島原の乱だ。戦いっぱなしの日本軍は装備もいいし、意気軒昂、戦い慣れして練度も非常に高かった。

例えば、秀吉軍一五万が朝鮮に持っていった国産歩兵銃は当時の世界最高水準だった。着弾のグルーピングは望めないが有効射程距離が五〇〇メートルと殺傷能力が凄かった。

銃身にライフルを刻んで弾に回転を与えると直進性が増す。また直進性は銃身の長さに比例する。ライフルのない普通の長さの銃から発射されたどんぐり形の弾は直進の回転が与えられていないから横向き、あるいは後ろ向きに飛ぶ。これを横弾という。そして曲がる。

秀吉は敢えてそれで良しとした。弾丸も安価な球形弾にして、これで弾幕を張って明の騎馬部隊を一歩も寄せ付けず、退却させている。

戦争とはどういうものかということを熟知した戦国の世の天才のやることはやっぱり違う。外国勢に一歩も引けを取っていない。

日本に長距離砲はなかった。技術はある。しかし実験を繰り返すのと併せた実戦での使用試験には時間がいくらあっても足りない。これでは量産ができない。オランダが砲身と砲弾のノウハウを本国に内緒で幕府に漏らす。暫くしないうちに幕府は三〇門の長距離砲を製造した。

斯《か》くしてオランダは出島入港国の再選考に勝ち残った。

希望峰の海域をプロテスタントのオランダに取られて、カトリックのスペインはマニラにある星型要塞とメキシコのアカプルコを結ぶ太平洋横断航路を開いた。このルートには黒潮と偏西風があり、敵国の軍艦はいなかった。アメリカ西海岸のどこかに漂着するとあとは海岸線を南下するだけだ。

カリブ海メキシコ湾のベラクルスまでの五〇〇キロは陸路。

街の映画館、田舎の公民館などで映画の繋ぎに上映された世界のトピックニュースにこのスペイン太平洋・大西洋横断ルートの山岳地帯での近道の歩荷《ぼっか》が何回か取り上げられた。当時を再現したものだった。辞書では重い荷物を背負って山へ上げること、またそれを職業とする人とある。

大きな直方体に梱包された船荷を肩に担いで坂道を駆け上がる。赤土の粘土道は雨でぬかるんで滑った。重たいので止まったら動けなくなる。丘に出ると休んで、さあ下りも大変だ。泊まりは焚き火でウイスキーのがぶ飲み。食べ物なんか持ってくる余力はない。酔っ払ったらそのまま寝た。

肩の盛り上がった赤い日焼けの大男たち。こんなことをしたら長生きしないな。あとで知った日本の歩荷とは大違いだ。

このガレオン船はフィリピンで建造された。年一回、太平洋を渡るのに四ヶ月かかった。二五〇年間、江戸時代を通して運行される。

伊達政宗は幕府の許可で五〇〇トンのガレオン船を建造し、太平洋を横断してこのルートでスペインとローマに使節団を二回送った。

スペイン技師の指導で大工、鍛冶、雑工を総動員して四五日で完成させたという。

スペインは、ガレオン船の建造技術を国家の最高機密としており、外国に漏洩した者を死刑にしていた。どんな言い逃れをしたのかな。日本人をこき使って建造した、そんなところか。いい顔はしない。

島原の乱の少し前に幕府とスペインの関係が悪化する。そういうことで全く歓迎されず二回目の帰路にスペイン人の船頭はマニラへ舵を切る。船は涙金と引き換えに没収、奴隷運搬船に回されたらしい。二年後に乗組員だけ戻ってきた。

一四

「田んぼをやるから刀を出せ、引き換えだ」

豊臣秀吉は検地で刀を狩り、武士と百姓を強引に引き裂いた。野武士に守ってもらっていたのが駄目になった。野武士では食っていけない世になった。日本文明は統一されて最終コーナーを回った。関ヶ原の戦いに勝った徳川家康は、膨大な太閤検地帳を手にするや士農工商に身分を分けて幕藩体制を敷いた。知行一万石以上が大名、三〇〇家を数える。参勤交代。松はパイン、並木はロード、パインロード政策だ。身分制度は江戸の二五〇年間だけ、明治の廃藩置県でなくなる。

赤松の苗木をそこらで抜いてきて売った。道普請《みちぶしん》をしながら、旅籠《はたご》も建てながら江戸へ向かった。もちろんお酒も何でもかんでも引っ張りだこだ。東海道五三次は五〇〇キロの松並木に旅籠三〇〇〇軒を誇った。江戸でも土工、大工の仕事はいっぱい、沸きに沸いていた。成人男女の比率が二対一。それだけ働き手が集まった。それまではうなぎは食べなかった。隅田川にうじゃうじゃいる。味醂も醤油も酒もあったからいまの味付けで食べる。

「これはいける。うまいやないか」

それが早や五〇年、大火で吉原遊廓が浅草に移ってきた。丘の上。下ると山谷の宿街《ドヤ》の先に隅田川の船着場があって、遊廓の大便・小便を入れたこえ担桶《たご》を天びん棒で担ぎ込んだ。臭い。小半刻（三〇分）下ると吾妻橋、浅草の雷門に来る。ここから千束通りを上ると振り出しに戻った。その先が死刑場の小塚原《こづかっぱら》。遊廓の女郎の死体捨て場にもなっていた。勾配のある笹原だ。これで江戸の新しい中心を一周した。吉原遊廓に付き従って藩邸もお城までは半刻もかからない。

参勤交代は世継ぎを江戸で育てる仕組み。大名は江戸へ一年おきに、正室と世継ぎは江戸に常住。キングサーモンは生まれ育った川に帰る。江戸育ちの大名は江戸が故郷になった。田舎っぺはいない。さすが苦労人家康。うまく考えたもんだ。

ここへ来たのは五日前。宿街に長逗留。吾妻橋で朝っぱらからやっている。ブランデーが名物の店で、それを生ビールで割って何杯かお代わりした。帰って昼寝から覚めたら江戸初期にいた。喉が渇いた。

湧き水は飲めない。井戸は全国同じだろうが江戸のに限っては溜め水だ。浅い。水深一メートル。路上を上水路で繋ぐ。雨水侵入防止に一段高くなっており、割竹を編んだ蓋が続く。下水はどうしたの？　風呂の水は？　雨水の流れ道は勝手にできるからそこに流したらい い。だけどし尿はだめ、百姓に売ること。船に持ち込む。百姓が長屋を回って持ち帰る。

「その服どこで売っとるん？」

「長崎の出島や」と嘘をついた。ジーパンに綿シャツの替えは持ってきていたから切り出しナイフ（短冊鋼板の先に刃を付けた小刀）と交換で分けてあげた。というのも方言がひどくて大阪弁にほっとしたんだ。宮大工をしていた。親方の大工道具箱を持ち出した。だからお世話になったのに葬式には出ていない、という。刀は大工道具にならぬ。桧《ひのき》をサクサク切るためには古く使い込まれた鋼がいる。ドロンとゼリー状に固まった鋼はよく切れた。どんなところに眠っているのか？　古い神社の釘だ。そんな釘ならたくさん持ってきていた。プレゼントする。それほどにもナイフの出来は良かった。桧の美しい光沢に良い香り。これでいい。

ある山脈の海抜五〇〇メートルの山頂に神社があった。六〇年前の話だ。神社の裏の絶壁。強風がいつも吹き上がってきた。ねじくれた小ちゃな赤松といろんな灌木の緑で覆われている。その先の山道を下りると人家に出た。神社のこっちを下りたところからも人家は始まるが交流はない。子供の校区も違う。向こうの人たちの神社だった。

参勤交代の奉納も神社の無くなる今年で最後だから見ておいでとおばあちゃんがいう。山道の笹とか小枝はこの日のために刈り込まれていた。祭りの屋台はなし。

さてその境内だが一〇〇メートルくらいか。神社に向かって一行がやって来る。小綺麗な旅笠をかぶって、武士の正装をして、刀をさしている。黒のはっぴで、長竿に括り付けたる大風呂敷の桐箱が宙に舞い、がに股の右足、左足を交互に腰の高さまで持ち上げて、気分はもうやっこ踊り。ゆっくりと歩いてくる。先頭は四人の槍持ちだった。お祭り料理が出たが手を付けずに帰ってきた。刀で切られやしないかと思ったんだ。怖かった。神社は解体されてただの山になった。鉄釘が木箱に入れられて残っていた。雨よけの岩陰に移した。タイミングを見て持ち帰った。それを江戸に持ち込んだ。

寒くなると、山頂を覆う千年杉がざっと五〇本か、切り出された。滑り落とす。馬も使う。巨木は暴れた。こちら側の雨で窪んだ山道を使う。丸太がさし渡されて杭で通り道が微調整された。専門の木こり集団。この危険作業は熟練が必要。だけど死人は出なかった。

鉄道事業には日銭が落ちる。参勤交代も同じ。いつもニコニコ現金払いがバブルを引き起こした。パインロード政策は各藩の借金に支えられて大きく膨らんだ。野っ原に出現した歓楽街、この費用と宿泊費、加えて街道を行く大名行列の緊張感は戦争と同じだからその出費もバカにならない。旅路の木賃宿。前にも触れた。木賃は料理の薪代。いつも素泊まりでは餓死する。パーッとやる日もある。借金をせずに重税をかけることに立ち向かった「バカ殿様」があまりいなかったことには救われる。金は天下の回りもの。借金は原動力。裏を返せば投資だ。各地の人と物と金が効率的かつ定期的に循環し、宿場町が整い、潤うと、民間人の伊勢参りも盛んになってくる。参勤交代のバブル経済に遅れを取ってはならじ。これでは士農工商に身分が分断されていても血は沸いて濁らない。封建社会でバブルが起こり明治維新でそれがうまい具合に弾けた。唯物史観は破綻して久しい。何れにせよ、マルクス経済学ではこのバブルを説明できない。

大江戸八百八町に大金がジャブ付いた。農業の技術水準が高く、銀しゃりが食える。各藩の民がやって来ては命の洗濯をして帰っていく。といってもいまと比べたら米の単位面積当たりの収穫量は四分の一にも満たない。江戸末期の日本の人口は三〇〇〇万人、いまの日本の人口は四倍の一億二〇〇〇万人、うん、計算は合っている。

「大名、小名在江戸交替相定ムル所ナリ。毎歳夏四月中、参勤致スベシ。従者ノ員数近来甚ダ多シ、且ハ国郡ノ費、且ハ人民ノ労ナリ。向後ソノ相応ヲ以テコレヲ減少スベシ。但シ上洛ノ節ハ、教令ニ任セ、公役ハ分限ニ随フベキ事」（『武家諸法度寛永令』の一節）

参勤交代でやって来るお供の人たちの数が近頃大変増えてきたので減らしなさいということ。

参勤交代のおかげで日本列島のどこに行っても話が細かいところまで通じた。何とも都合がいい。

街道は江戸時代の象徴だった。旅籠が全国にできて、どんな田舎にいても街道を辿れば手ぶらで江戸に導かれる。明治になって街道がなくなってみると、田舎暮らしの味気ないこと。もう、江戸屋敷に出入りの菓子屋が作るカステラも簡単には手に入らない。

明治政府に引き渡しを拒んだ榎本武揚率いる黒船七隻が、箱館五稜郭に向かった。その中に咸臨丸の船影もあった。万延元年に勝海舟がサンフランシスコまで乗っていったあの黒船だ。すでに蒸気エンジンを降ろして帆走しかできない咸臨丸は輸送船になって引っ張られていた。

房総沖の暴風雨で引き綱が切れてしまう。荒波にもまれ、転覆を避ける為にはマストを切り倒さなくてはならなかった。そこで艦隊から離脱して修理のために静岡県の清水港へ針路を変えた。移封後の徳川家を頼った。

砲撃されて白旗を揚げている咸臨丸に乗り込んできた官軍兵士は全員を清水港に切り捨てた。

上野寛永寺で果てた彰義隊、あるいは白虎隊で有名な会津藩士たち、官軍に敗れた彼らのなきがらは埋葬なんか許されるわけもなく、動かしてはならず、そのまま何ヶ月も捨ておかれた。

野晒しの街。カラス、野良犬たちに食い散らかされ、悪臭を放つそれが町家《まちや》の道のあちこちに折り重なったりしながら転がっていたのではご飯ものどを通らない。

人情に弱いのは世の常、それに対してはこうでもしないと江戸時代を断ち切れない。それはよく分かるが泣けてくる。清水港でもこれに習った。なきがらがせっかく波打ち際に漂着したのに、手が出せず、また波に引き戻されていく。

父鬼《ちちおに》から紀の川に抜ける大阪と和歌山の境界の山道は一般の車両も通れる近道だが、あまり通行量はない。鬱蒼たる雑木林も山上に来ると疎らになって、日当たりもいいから、休憩してサンドイッチと缶ジュースで少し早めの昼食を取っていたときのこと。

たくさんの銀蠅が寄ってくるので何気なく目を向けると細い獣道に一抱えもある大きな豚みたいなものが横たわっていた。

とても猪には見えなかった。根元が直径二センチ、飴色に光る牙が見えて、半開きの口、目ん玉もまだ落ちてはいない。剛毛は枯れ草色であばら骨が少しはみ出しているところから判断すると、肉はぐじゅぐじゅに腐って蛆が湧いているのだろう。

あまり臭くない。日光にさらされた朽ちた畳の臭いが混じっている。青葉のある季節、どんぐりの木の葉っぱが、その耳にかかって風に揺れている。すすきの若葉は折り曲げられていたお腹の辺りから復元したところか。

この道を下から辿ってきた猟師がいたとしたら、大きな怪物の屍体に通せん坊されて、さすがに大声は上げないにしてもたいそう肝を潰すことになる。そちら側からは肛門が見えているはず。そっちへは回らず、さっさとそこを立ち去った経験がある。

折に触れその光景が思い出されて困った。

呼ばれていたのかもしれない。

心配になって後日もう一度その現場に行ったときのこと、目が抜け落ちていた。これにはえもいわれぬ恐怖に叩き込まれた。怖かったんだから仕方がない。

町家の地獄の光景はたぶんこのように腹にこたえる恐怖のそれだったのだろうと思う。真昼間《まっぴるま》でこれだから、夕方とか、夜、早朝、そんなときだったらどんなに恐ろしいか。しとしとと雨の降る晩もある。

次郎長が動いた。一世一代の大博打に打ってでる。清水一家四五人の子分衆の働きは一騎当千、七つの遺体（これで全部）を海から引き上げて丁重に弔った。

お咎めはなかった。街道一の大親分が大鉈《おおなた》を振るったらこんなもんだ。確かに次郎長の言うとおり、

「死人に官軍も賊軍もない、死んでしまえばみんな仏さん」

なんだけど。

よくぞやってくれた。山岡鉄舟はこのときのことを念頭に、

「精神満腹」

と揮毫《きごう》して、次郎長に贈った。併せて上野の彰義隊の墓地には、

「戦死之墓」

と銘打った墓碑を新たに堂々と地上に建立する。

というのもすでに地中には関係者の手によって密かに同名の墓碑が埋められていたので。

筆は立てて、突いて、返して、割る。焦るな、擦るな、縮むな。以上筆運びの心覚え。

身長一八八センチ、体重一〇五キログラムの大男だった鉄舟の筆遣いはそのようにも飄々としていて、また座禅をしていながらちっとも線香臭くない。だから戦死之墓の墓碑は墓地にあってひとり清々しい。

彼は剣術、槍術、座禅と書道を修めていた。それが尋常じゃない。剣は一流を立てる。槍は宗家に婿入りする。座禅は寺を建てる。書の人気はいまも続く。

剣の極意は、

「雷光春風を切る」

なるほど、何となく分かったような気もする。

彼は胆力で筋を通してきた。刀で人を殺めてはいない。こんな言い方が許されるのなら絶対の人だった。「絶」は超越を「対」は相手を意味する。では相対は？　「相」はよりけり、相対には相手によりけりというニュアンスがある。

明治維新に「相対」はいらない。手をゆるめない。スピード感のある「絶対」でやっていかなくては！

彼の相手は時代だった。時代を超越していたからこそ傍目にも飄々としていたんだ。

のちに次郎長は年下の山岡鉄舟に弟子入りする。そして年若い兄弟弟子の一人天田愚庵を養子にした。

彼の書いた『東海遊侠伝』で次郎長は世に出た。ちょうど彼が富士山の裾野の大開墾事業に手を染めている頃のこと。

あんぱんの銀座木村家、その看板は山岡鉄舟が書いた。一回で一〇〇個近く食ったこともあるらしい。ならばお酒は？　これも強かった。

移封の実態、それはもう凄まじかった。何と、江戸幕府が持っていた膨大な洋学の知的財産の一切合切がここに移された。

次郎長は次々とやって来る難題を最大公約数でさっさと捌いて素知らぬ顔だったという。江戸城無血開城からこの措置まで、西郷隆盛、勝海舟、山岡鉄舟と山本長五郎（次郎長のこと）が互いに手を取り合って一気に駆け抜けてきた。敵味方と侠客がだ。

どうしてか？　一般にそんなときには、理屈はあとからついてくると言われる。だけど理屈なんかとうの昔に放り投げられて戻ってくる気配すらなかった。ご時世に乗っかったときというのは、往々にしてこういうことが起こるらしい。いまでいうゾーンに入ったときだ。

「維新に政治的な空白期間ができてはならない」

無類の愛国心が彼らを突き動かした。これが本来のリベラルの姿だろう。そういうふうに捉えたときに初めて、明治政府が何故、一推《いちお》しの人材を他でもない旧幕臣に求めたのかが分かるというもんだ。

岩倉具視欧米使節団は留守番を西郷隆盛に任せて明治四年に出発し、一年一〇ヶ月後の明治六年に帰ってきた。特命全権大使、岩倉具視、副使官、木戸孝允（桂小五郎）、大久保利通、伊藤博文、山口尚芳の四名、その他使節、四一名と随員一八名、留学生四三名、という大所帯だ。

大金を惜しげも無くじゃぶじゃぶ使う。そんなの屁とも思わない。その代わり見るべきは見てきた。百聞は一見に如かず。

「軍事力は四〇年で追いつくな」

これが岩倉具視の感想で実際そのようになった。慧眼《けいがん》だ。

岩倉ミッションは家康のパインロード政策と並ぶ大ヒットだったが、帰ってきた当時はみそくそに叩かれた。

一五

当初、イギリスは良質の綿布をインドから輸入していた。用途のほとんどが何と下着だったことから、猫に小判、豚に真珠で、無駄もいいところ。

それまでは下着なしの不衛生な生活を送っていた。長いワイシャツで包む。風呂にもあまり入らないのは、例えばヨーロッパの地方ホテルの湯船の状態を見れば、いまでもその当時のことは簡単に想像が付く。

順番からいうと、まず粗末な食物に味を付ける香辛料を求め、タバコをふかし、次に臭いからだに香水を振りかけるようになり、最後に彼らも下着を穿いて、紅茶をたしなみはじめた。

所詮下着は下着。ごわごわしなかったらいい程度の要求品質は機械化を容易にした。そういうこともあって産業革命が軌道に乗ると、インドの伝統手工業である高級更紗産業を破壊してしまう。

「木綿は羊毛を地に撒いて栽培する」

カシュガルでは太木綿《ふともめん》栽培が盛んだった。

中国も太木綿。アメリカ南部黒人奴隷の細木綿《ほそもめん》はイギリス産業革命の主役、

「中国人に靴下を履かせてやる」

と息巻いただけ。東アジアでは細綿糸で編んだ薄手の綿布は見向きもされなかった。

丈夫な太綿布は仕事着と普段着に適している。暖もいくらかはとれた。


ロンドンの中心、ピカデリーサーカスにあるエロス像の噴水で変な男に出会った。

彼は一番大きい五号リヤカーいっぱいに一頭の竜の飾り物を載せていた。

竜は負けた民族象徴の合体。シカの角はこげ茶色、胴体のヘビはライトブルー、背中のコイのウロコは錦鯉の朱色、爪はタカだから黄金色というふうにカラフル。

四つ足の動物みたいに見えるのは、薬局の入り口ドアの横に置くからだ。

中国人かと水を向けると中国人じゃない、上海人だと訂正してきた。

ジャパンセンターの横にある漢方薬局にこの竜を運ぶんだという。

「そら、あそこに見えているでしょう?」

いまは娘夫婦とエンジェルの丘に住んでいて、もうすぐ孫ができるらしい。重いリヤカーを引いてきつい坂道を上るのは大変だ。

大阪は鶴橋の生まれで、人懐っこい。ややこしい信号を二回斜めに横切る。竜を守って店に着くと、茶を出してくれた。竜は全身が効能豊かな薬なんだ。


キューガーデンとハイドパーク。大きな森林公園で、何人かの手を回す太さの広葉古樹がいっぱい生えていた。

醜く膨らんだ幹。大空高く枝をぐんと張って、なかなか落葉しない。紅葉はいまいち。

キューガーデンから見たテムズ川は流れが右岸に片寄って泥の河原が広がっていた。泥の中のゴミは見た目が汚いもんだ。だけどそんなものは見当たらない。この川は水質が良く、ちょっとした処理で飲める。

ハイドパークは一般人にも開放されていたが、王室御用達の馬場を持ち、赤土を入れた乗馬周遊コースでは、王室子女の乗馬訓練が頻繁に行われていた。

広い公園だから気温が下がってくるとよく朝霧が立つ。その新鮮な空気を胸いっぱいに吸い込んで、散歩を楽しんでいたら、横に設けられた馬道に、教官と生徒が乗った二、三頭の馬が白い霧の壁から現れては向こうに消えていった。

バッキンガム宮殿の裏にハイドパーク。その北のリージェンツ・パークから東のシティまでがロンドンの中心部で、ロンドン地下鉄の料金区分でいえばゾーン一。

中心駅はピカデリーサーカス。ゾーンは一から六まであって、年輪状に広がる。ヒースロー空港はゾーン六。近年の国際線利用客数は世界一。その手前のキューガーデンはゾーン四。シティはニューヨークのウォール街と双璧、ロンドンの中心にあって、ロンドン証券取引所、イングランド銀行、ロイズ本社などが世界経済を領導してきた。

シティの横のロンドン塔、その前を流れるテムズ川には跳開橋が架かっている。そこから一〇キロ下流までの区間がロンドン港。波止場の風景が素晴らしい。テムズ川が大きく蛇行していた。港域面積は二二平方キロ。第二次世界大戦までは世界一の港だった。五〇キロ下流の河口は上海と同じく三角江だ。土砂で埋まらない。大型船はロンドン港まで曳航された。

エンジェルの丘もロンドン地下鉄の料金区分でいうとゾーン一だった。エンジェルの丘から市の中心部へ三〇分歩いて下ると大英博物館、そこから始まる古本屋街を三〇分下ってピカデリーサーカス、そしてあと二〇分歩くと右にハイドパーク、左にバッキンガム宮殿があり、その先はテムズ川だ。

東大から不忍池に下り、さらに湯島天神から靖国通りに下ってからは新宿御苑までの一本道、左に神田の古本屋街と皇居を見て、右に靖国神社と防衛省を確認しながらどんどん下っていく。そんなイメージ。日本もイギリスも首都の中心に大古本屋街を抱えている。入り浸った。

京都とロンドンは立地が同じだ。琵琶湖を主な水源とする淀川の京都から河口までの距離も五〇キロだった。

エンジェルの丘を通るカナール（運河）の運河ウォークは左岸にある。右岸には家が来たり、工場が来たり、病院になっていたり、駐車場やら庭園やらただの草ぼうぼうの空き地とか農地なんかが行き当たりばったりにやって来た。見上げると三メートル上に橋が架かって、階段が下りている。橋の向かい側の橋脚に行くのには船が必要だ。絵が描かれていた。全身黒ずくめで、防空頭巾みたいなので顔を隠した、たぶん女性の全身像。修道女か。そこには確かに人間が佇んでいる。そんな存在感のある絵だった。その橋の上ではきょうも隊長の白人の女の子が八人の白人の部下、男の子と女の子に小石を集めさせて大きさを選んでいる。当たっても怪我をしない大きさ。運河ウォークを行き交う女性、黒人、アジア人はパスした。当然白人も。お目当てのアラブ人の自転車が通ったときにそれを雨あられとぶちまけた。怪我をしないように、そんな様子は窺えた。でもちっちゃな子供のすること、危険極まりない。自転車が止まった。片足を着いてからだをねじって見上げた顔に「そんな遊びをしてはいけないよ」と書いてある。自転車を降りて橋の階段を上ってくるようなら一目散に逃げる。そこのところを見極めるのも隊長の役目だ。安全だと見るや大声を張り上げ「お前も兵隊なら逃げずに我々と交戦しろ」と言って部下たちに鬨《とき》の声を上げさせた。橋の上を行進する。自転車が苦笑いで去っていく。アラブ人のおじさんは確率的に優しい人が多いのかな？　隊長の女の子に近付いて尋ねようとしたら「せっかく気分良くやってるのに邪魔をしないでよ」と真剣な顔付きで食ってかかられた。やんちゃで可愛らしい。人差し指を立てて「お前に言ってるんだよ」その仕草がままごとと同じでどこかに参考となるイメージ、モデルがあってそれのおさらいをしている。カナールに架かった小さな橋、その車道から三〇センチも高くなっている狭い歩道に自転車がやって来てかれたちは橋の向こうに追いやられた。親から車道に出てはいけないといわれているんだ。

ハイドパークを散歩しているときにも同じようなことがあった。「懲らしめてやる」と言って前からちっちゃな男の子が枯れ枝を持って駆けてくる。若い白人のママが「何をしてるのやめなさい」と声をかけても言うことを聞かない。しゃがんでにらめっこの顔をして待っていると一メートル先で引き返した。

エンジェルには深い縦穴が掘られていた。ここに住んでいた。運河トンネルの明かり取り穴。鉄の転落防止柵から身を乗り出して覗くと焚き火の煙が混ざった生暖かい風が吹き上がってくる。テムズ川からこの丘の中腹まで上がってきたカナール、そのトンネル入り口の林にはナロウボートの船着き場があった。居心地がいいのでここを終点にするナロウボートのオーナーがほとんど。細長いナロウボートはカラフルなペンキの鉄板で覆われて、大きな埋め殺しのガラス窓からはこぢんまりしたベッド、トイレ・シャワー、応接セット、キッチン、洗濯機などが見えた。出入りは舳先と艉の両側からで、船を離れるときには施錠する。

船を係留して運河ウォークに「上陸する」と、その奥に広場がある。おとぎ話の世界に放り込まれた格好の子供たちにはそういう言い方が似合う。「降り立つ」ではない。古き良き時代のノスタルジア、そこではバス釣りのルアーを投げたり、「どこそこは砂が溜まって浅瀬になっているからどうしたものか」と然《さ》らぬ顔で話すオーナーたちがいたり、気儘もいいところだ。丘を深く掘り下げた人工の谷底の古い雑木林、枯れ木があればそれを、枝打ちしておいたものが乾いていたらそれもチェーンソーで薪用に輪切りにして、鉈で割った。余った分はボートの屋根に積んでおく。野外ルール、水門の開閉の仕方、船の舵取り、ロープ結び、焚き火などを教える。いっときの開放感が漂う。

運河トンネルには運河ウォークがなかった。エンジェルの丘を歩いて越えなければならない。上流側に出て再び運河ウォークを一時間歩くと、エンジェルから軽くループしてテムズ川に平行に遡ったところ、引水と湧水でできた大きな水源湖のあるリージェンツ・パークに着く。もう十分に歩いたので帰りは大通りを下って地下鉄にする。

カナールはどこを切り取っても絵になった。木製水門の開閉は蜻蛉《トンボ》の尻尾のように軽やかでカラフルな木製のテコで行う。九月になって運河トンネルから少し下った土手に生えている大きな百日紅《さるすべり》に赤い花が咲いた。花の枝を引き寄せてみると、大豆くらいの青い実が皮をかぶって混ざっている。その幹にいつもの猫がいた。その先が日だまりのベンチ。先に行って待っていると、百日紅の猫が歩いてきた。白黒猫。運河ウォークは犬の散歩道にもなっていたから犬に対する凛とした戦士の歩き方、ジャガーの肩の動きだ。ベンチは二つ、贅沢な日向ぼっこ。遥か上空の青空にあんぱん雲がぽかり、ぽかりと浮かんでいた。それを背景にまるで目の前の高さで黒雲の切れ端がちぎれて流れてきた。この静と動のコントラストはロンドンならでは。もうすぐ雨。イヤホンで短波ラジオを聞いていたら、「スパイラジオだ」と冷やかされた。アンテナが長くて本体もそこそこの短波ラジオ。イギリス人にはそんなところがある、いつのまにか他人さんの壁がなくなるときが。こんなこともあった。車を急停車して白人が運転席から降りてくるとポケットからお金を出して、「くずしてくれないか、小銭がいるんだ」と言ってくる、見ず知らずの相手なのに。犬を連れた奥さんがやって来た。猫は膝の上に避難してくる。その日は、その奥さんが上品な革手袋の手で大胆に猫を鷲掴みにして可愛がりながら、「お友達なの？」と話しかけてきた。鷲掴みにして可愛がるなんて変だが猫も別に嫌がっていない。「少し妬けるわね」大柄なアングロ・サクソンの奥さんだった。お茶目な敬礼にウインクを添えて可愛らしく舌打ちをする。笑顔の口に舌がちょろっと見えたと思ったら「チャッ」と乾いた舌音が聞こえてきて実に心地がいい。「わたしも仲間に入れてよ」。犬のこともあるし明日からの展開はどうなるのやら。

文化ってみんなが楽しんでなんぼの世界だろう。民度（文化の成熟度）は江戸から明治になって、萎縮し後退した。何が文明開化や。馬鹿をいっちゃあいけない。江戸の藩邸に詰めるために若者たちがわくわくしながらやって来た。それに対して、集団就職の一行の味気なさ。上野駅を出たところに演歌の歌碑があって、プラットホーム、蒸気機関車、引率の小旗を手にした先生、列車から降り立った集団就職の中学生をコラージュしたレリーフが埋め込まれていた。こちらは片道切符、みんなの顔が死んでいる。

だけどこれだけはいえる。家康の征夷大将軍は、現地での天皇の代理人なので幕府を開くことができる。江戸幕府を開いたからには建前上天皇は呼べない。天皇が江戸にやってくるのは、江戸幕府第一五代征夷大将軍徳川慶喜の大政奉還のあとだ。明治になって征夷大将軍職は廃止になった。「神仏分離令」の発布で、仏教が排除されると、神道が文明の軸運動に加わり、江戸が東京に改名されて、日本文明は天皇と東京と神道の三軸運動になった。複雑に入り組んだ回転で文明を守り立てていまに至る。

お天道様は太陽、それが旭日旗と日の丸になった。といっても八百万《やおよろず》の神には変わりはないから人に説教はしないし、淡々とそこにあるだけ。

天は陰陽が渦巻く大空《おおぞら》、それが太極旗になった。お天道様が見ている神道に対して、天命を知る儒教。どうも大空の方が太陽よりも性格が悪い。急に雷が落ちてきたり、突風が吹いたりと気分次第のところがある。そこに天命を垣間見るんだから、後付けで何とでもいえる。

秦の始皇帝一行が古くからの霊山、泰山に、ある良からぬ目的を持って、それこそ鳴り物入りで参拝に行ったときのこと。ルートがとても長い。思いもよらぬ夕立がやって来た。雨宿りできるのは大木の下だけ、さてどうするか。他の参拝客たちが固唾《かたず》を呑んで見守っている。大木にはよく雷が落ちた。生きるも天命、死ぬるも天命。だったら雨宿りしなかったらいい。でもあとから何を言われるやもしれない。古い儒教のくびきだ。たしか焚書坑《ふんしょこう》儒《じゅ》の前の話だったかな。

神道は宗教ではない。八百万は数が非常に多いこと。神道の神は八百万の神、道は神意を素直に受け取る生活。

白川静の『字統』、『字訓』、『字通』。この『字書』三部作は彼のやってきただいたいの仕事が一段落した七二才からスタートしたのが十数年後に実を結んだもの。

九〇才にならぬうちに世に問えた。

書斎に三冊。それを並べてその他の執筆活動を続けた。

立命館大学の巨人だ。東京大学と北京大学を睨み付けたように感じた。凄い。

これらの字書で神の原風景を調べた。神は初字が「申」で稲妻の象形文字がもと。「示」は「いるところ」で、ここでは森が一番しっくりと来る。大陸は黄河流域の中原。その鬱蒼とした太古の大森林に稲妻が走った。その情景に神を見たというんだ。

八百万の神との共生、それが神道。神道は人を教理で縛らない。教祖もいない。神主は祝詞《のりと》を上げてお祓いはしても人に説教はしない。例えば雷の音を聞いて八百万の神に気付く。それだけでいい。あとは見習うだけ。何を？　初詣の仕方とか、神前への玉串の捧げ方とかを。

玉串は榊《さかき》の枝に紙垂《しで》をくくり付けたもの。榊の枝がお皿で、紙垂はその上に載せた捧げ物を象徴している。

一六

イリの親分がパキスタンの部族地域に連れていってくれた。

アジアは広い、第二次世界大戦後に起きた三つの一〇年間戦争、ソ連のアフガン侵攻とアメリカのベトナム戦争、それともう一つ、中国の文化大革命は内戦だ。この三ヶ国は共に国連で拒否権を持っている。

ソ連、アメリカからこのときの戦争で鹵獲《ろかく》された武器弾薬等の戦利品の多くがパキスタンの部族地域に集まった。

アフガンと部族地域のパシュトゥーン人はアーリア人だ。ソ連と戦った。

アラビア海に北から流入してくるパキスタンのインダス川、部族地域はその源流の都市ペシャワールから西にあるアフガン国境のカイバル峠までで、四国よりも広い。

武器のバザールが幾つもあって、手榴弾、拳銃、機関銃、迫撃砲、ロケット砲などが売られている。大きなバザールになると三〇〇店も軒を連ねていた。

戦争に必要なものなら何でも揃う。大半は腕のいい鉄砲鍛冶職人の店だ。共食い整備は無し。何しろ彼らにはイギリス統治時代から数えると紆余曲折はあっても一〇〇年の歴史と腕がある。ちゃんとした複製はお手の物だ。

鹵獲したものとか横流し品を扱う店はバザールの奥まったところにひっそりと佇む。そこにはソ連製、アメリカ製の本物が陳列されて、必要なだけ出てきた。ソ連武装ヘリコプターの天敵、米国の携帯式スティンガーミサイルもあった。

いまじゃ演歌の歌詞にも使われない、そんな時代遅れの海の波止場のマドロスさんにはよ、もう青春のかけらもありゃしない。ここの職人さんもそうかい？　さあな。違うんじゃないか。

一般の外国人はパキスタン政府の検問が厳しく部族地域に入れない。主な産業は麻薬と武器と牧畜だった。

パキスタン政府もほとんど関与できない独立国に近い存在で、部族長会議が行政権を握っていた。この前の憲法改正でそれが失効。でも、実態は変わっていない。女性五パーセント、男性三〇パーセントと識字率が低い。そのためだ。

それとは別に、フランスの詩人ランボーのような生き方がここにはあった。日本にもこういう雰囲気の時代があった。それを生きてきた。徳島の阿波踊りの踊り手の気分はいまもそう。他の祭りと一線を画している。

カイバル峠は海抜でモンゴル草原と同じ。国境を越えて西へ行くとアフガンの首都カブール、その先はテヘランで、カスピ海。ヒマラヤ山系に開けた唯一の低地、ヨーロッパからするりとインドへ抜けられる。アーリア人、アレクサンダー大王、僧侶玄奘三蔵等がここを通った。

一〇年間戦争から二年後にソ連が崩壊し、ベルリンの壁が崩れて、東西冷戦が終わる。これをもってそれまで幅を利かせてきたマルクス主義の唯物史観に終止符が打たれた。大混乱の世界経済は、日本文明のバブルに引っ張られて立ち直る。

アーリア人はあと二つ、大きな戦争をやっている。

黒海南端のヒッタイト。最先端の科学技術・製鉄を持っていた。正門の左右の石柱に彫られたライオンの正面像。当時のユーラシア大陸にはライオンが棲んでいた。中国にも。それだけ獲物が豊富だったんだ。

昔の製鉄の送風にはたたらと呼ばれる多人数足踏み式の大きなふいごが使われた。「たたらを踏む」とは、勢い余って数歩あゆんでしまうこと。

この技術が渡来していくばくか、日本では鉄鉱石の不純物を嫌って砂鉄を使う製鉄に一本化される。

たたら炉に木炭と砂鉄を入れて送風し、摂氏一五〇〇度以上の高温で三日三晩燃やして、炭素粒の混じらない（刃こぼれしない）高純度の玉鋼を得た。しかし残念ながら他国と一線を画する高水準なので、世界のたたら製鉄を考えるときの参考にはならない。

ヒッタイトが用いた火力はキャンプファイア程度の温度、摂氏八〇〇度から九〇〇度の低温だった。鉄鉱石と木炭を燃やしたあばただらけの鉄塊を打って不純物を取り除いていく製鉄屋の仕事と、鍛冶屋の仕事がある。真っ赤に焼いた鉄塊をハンマーワークで刀剣、農工具などに仕上げていく鍛鉄だ。

ヒッタイトはこの技術を門外不出とし、のちにメソポタミア一帯を征服してからもその戒めは厳守された。

それにまつわるこんなエピソードが残っている。三二〇〇年前、エジプトのラムセス二世といえば歴史上のヒーローだが、彼がヒッタイトと平和条約を結んで休戦し、先方の王女を王妃に迎えたときの話だ。

持ってきた鋼鉄の短剣を自国の兵器工廠に持ち込んだのはいいが鍛鉄の技術がなくてうまくコピーが作れない。鉄は戦利品として多少は持っていたのに。それがばれるとヒッタイトに見くびられるから、王妃とは一生交わらなかったという。

甲乙付け難い戦争をしながらも、両者の手にはかたや青銅器が、かたや鉄器が握られていた。面白い。ちなみにラムセス二世はビールを好んだ。

ノモンハンからウクライナまでのモンゴル草原は黒海のドニエプル川を越えてドニエストル川の左岸まで。右岸から黒い森が始まる。北海へ流れ込むライン川の水源の一つに上流で合流してくるマイン川があった。黒い森はこの川と黒海へ流れ込むドナウ川との共通の水源地だからライン川とドナウ川が南北に繋がってユーラシア大陸を断ち割っていた。一九九二年、ライン・ドナウ運河が開かれた。ラクダの隊商から海路へ、そして海路の延長としての運河へ。

川も黒い森もここに住む人々に愛されている。

ライン川の西側がガリア（いまのフランス）、東側がゲルマニア（筆頭はいまのドイツ）。二〇〇〇年前。進撃のアーリア人がここにやって来た。一族郎党を引き連れた民族の大移動は先頭の突破力には優れても、走り抜けた側面が弱かった。ローマ軍（カエサルの重装歩兵）にライン川で足止めされる。敗走するときの惨めさ。だけど、これは戦いの一つの例であって結局は押しつ押されつしてアーリア人がライン川を渡河したこともある。ちなみにカエサルはワイン原液を好んだ。一方兵士たちは薄めて飲むのが好きだったそうな。

ゲルマニアには直方体に削った一人では抱え切れない大石を地中深く縦に敷詰めたローマ帝国仕様のストーンロードは通っていない。道路インフラはなくても猛烈な戦闘の日々の記録は残っているからローマ帝国の準支配地域だったともいえる。

一六〇〇年前。イギリスから引き揚げたローマ帝国のあとを継いだアーリア人はアングロ・サクソンを名乗った。ゲルマニアからオランダを経て北海から侵入。

「我が国も昔はローマ帝国の一員だったんだ、彼奴《きゃつ》ら蛮族とは違う」

こういう言い草がいまも堂々とまかり通る世界がヨーロッパだ。表話は英語、裏話はフランス語でやる。EUはローマ帝国支配地域をまだ全部カバーし切れていない。

ヒトラーのハーケンクロイツは右マンジ『卐』。仏教の吉相の図形、日本のは左マンジ『卍』。彼は『我が闘争』でアーリア人に触れているが、本家本元はアングロ・サクソンだ。間違ってはならぬ。

共産中国の毛沢東の若い頃の写真は清々しい。たぶん大衆思いのいい青年だった。でも老後の彼は中南海で非人間的に君臨した。

毛沢東は現実から乖離《かいり》した共産主義思想に一生振り回された。

文化大革命は一三億人の民を巻き込んだ紅衛兵と走資派との内戦だった。東部四億人、西部九億人。これが方言の壁で切り刻まれている状況はいまと変わらない。互いに全く言葉が通じない。テレビはまだだ。

西部の田舎、東部の都会といっても当時は自力更生路線でやっていたから産業がまともに育っていなかった。

走資派なんてどこを探してもいやしない。だからレッテルを貼られたらお終いだ。粛清の犠牲者は一〇〇〇万人とも三〇〇〇万人とも。資料が残っていない。

一年目、駄菓子屋のおっちゃんが走資派として摘発され、なぶられて自殺すると、二年目、彼の親類縁者に累が及び、三年目、おっちゃんの墓が掘り返され、四年目、台所に地区委員が入って包丁で脅しておばちゃんを家の裏に連れ出し、大怪我をさせた上で、正当防衛だったと主張。おばちゃんが走資派にされた。五年目、兄は中国全土に一五〇万人いた裸足の医者に志願して辺境に行き、妹は卓球選手に抜擢されて北京に行った。残されたおばちゃんの布団に酒に酔っては地区委員が入ってくる。酒なんかなかった時代なのに。

道端の死骸は腐っていた。それを食べてまた人が死んだ。無茶苦茶だ。

文化大革命が終わったときにおばちゃんは川に飛び込んで自殺した。そうすると石橋に鯛みたいな金魚が飛び上がってきて跳ね回ったという。そして「クエッ、クエッ」と鳴いた。

人民の手で国家を潰すためには、手順的には文化をいったんチャラにしておく必要があった。

民族と国家の壁はいずれ労働者階級によって打ち破られるのらしい。そのためには民族のアイデンティティー、拠って立つところである文化を否定しなければならない、できるできないは別にしてだ。そこで男系文化の核である家族を潰しにかかった。血も涙もないゴリゴリの革命家のことを「ゴリ」という。ゴリのすることは恐ろしい。ゴリの毛沢東は親子の間柄を引き裂いた。

子供たちも大きくなってそれを受け入れる。親を親とも思わない。元に戻るのは大変だ。それに続く一人っ子政策でまた変なことになってくる。

親と子の関係を断たれて、洗脳教育を受けた一〇歳の紅衛兵も気が付けばもう大人。文化大革命が終わる。

その半ばで生まれた子供、文革世代はもう大学生。各大学から天安門広場に集まって寝起きしていた学生たち一万人が軍の戦車に踏みにじられ、あるいは機関銃弾に倒れた。

北京語も標準語も分からない、漢字も全くダメ、農民工がそれだが、地方から連れてきた兵隊さんもそれと同じだったという。命令されるままにアクセルを踏み、照準を合わせて、引き金を引いた。第二次天安門事件だ。だけど中国共産党にとってはどうってこともない些細なことだったろう。すでに対外的には輿論戦、心理戦、法律戦（三戦という）へハンドルを切っていたんだから。

一七

大英博物館のリーディングルームでマルクスは膨大な本のメモを取った。彼が使った豪華な椅子と横長机はそのまま一階にあった。ともに革張り。くすんだ青色。天井までが吹き抜け。写真を見せてあげたいくらい。見上げると巨大な円筒の本棚の壁が何階分も取り巻いていた。本のシャワーを浴びているような気分になる。

そこは空いていたからよく使った。

マルクスの思い付きの膨らませ方はいかにも学者先生らしい。多読が禍いしたか。そう思った。

「ぜひそのご高説を承りたいものですわ」

いっときだがマルクスは新進気鋭の経済学者としてロンドン社交界でたいそうな人気を博した。

労働者の定義というのがあって、それ以外は革命の主体にはなれない。

資本制生産様式が支配的に行われている社会で賃金をもらって、搾取されていることが条件だ。

番頭さんと丁稚《でっち》どんにも給金があれば搾取もあった。だけど労働者とはいえない。イギリスの産業革命にも、日本の女工哀史にも、ロシアにも、よく見るとブラック企業が散見されるだけで、マルクス存命中にそんな社会なんて実現していない。科学的とは事実に基づき道理にかなった考え方をいう。マルクスの「万国の労働者よ、団結せよ」は、妄想に基づくキャッチコピーだった。単純すぎるトリックはかえってスッと通る。それが一人歩きしている。こういうのが思想というものの本質なのかもしれない。

共産主義諸国は腐りかけの桃だ。世の人々の不満はいまの日本のように自由主義の枠内で社会主義を育てる方向に収束させるべきだった。昔話題になったことがある構造主義は関係ない。労働者は国家を捨てる。サラリーマンは国家を育てる。ややこしい定義はいらない。これが人類最後の道だと思う。そうすれば党規約が憲法の上に立ち、毎年の党大会で個人独裁者が憲法をいじることもなくなる。

柿の実の熟す頃という言い方をすれば、それは枝に残った渋柿を指す。実が真紅に透けてくると渋が蜜に変わる。ああ！　サラリーマンの悲哀が聞こえる。がんばれ。

〈著者紹介〉
多田幸生（ただ・ゆきお）

赤《あか》いカラス

2023年11月10日　第1刷発行

著　者　　多田幸生
発行人　　久保田貴幸

発行元　　株式会社 幻冬舎メディアコンサルティング
〒151-0051　東京都渋谷区千駄ヶ谷4-9-7
電話　03-5411-6440（編集）

発売元　　株式会社 幻冬舎
〒151-0051　東京都渋谷区千駄ヶ谷4-9-7
電話　03-5411-6222（営業）

印刷・製本　中央精版印刷株式会社
装　丁　　弓田和則

検印廃止

Printed in Japan
ISBN 978-4-344-94607-1 C0093
幻冬舎メディアコンサルティングＨＰ
https://www.gentosha-mc.com/